红糖美学 著

国色盛唐

The Colors of
Tang Dynasty

人民邮电出版社

北京

图书在版编目（CIP）数据

国色盛唐 / 红糖美学著． -- 北京 ：人民邮电出版
社，2024.4
ISBN 978-7-115-62879-4

Ⅰ．①国… Ⅱ．①红… Ⅲ．①色彩学－研究－中国
Ⅳ．①J063

中国国家版本馆CIP数据核字(2023)第193879号

内 容 提 要

在本书中，我们可以欣赏到16个传统色背后的文化故事。除此之外，本书还通过各种颜色，深入挖掘了唐朝代表性的文物与纹样。从服饰到建筑、器物，再到画作，每一种文化形式都呈现出其鲜明的特色。本书不仅有详细的色彩讲解，还对唐朝的用色规制、特点和崇尚的颜色等知识进行了介绍，为读者提供了全面的文化背景。每一种颜色的讲解都从严谨而新颖的角度，给读者带来启发与思考。本书不仅是一本介绍颜色的书，更是一本引领读者深入了解唐朝文化的书。

本书适合艺术类色彩学研究者、专业工作者及学生，以及对国学和中国文化感兴趣的读者使用。

◆ 著　　　红糖美学

　　责任编辑　许　菁

　　责任印制　周昇亮

◆ 人民邮电出版社出版发行　　北京市丰台区成寿寺路 11 号

　　邮编　100164　　电子邮件　315@ptpress.com.cn

　　网址　https://www.ptpress.com.cn

　　天津市豪迈印务有限公司印刷

◆ 开本：700×1000　1/16

　　印张：7　　　　　　　　　　　2024 年 4 月第 1 版

　　字数：161 千字　　　　　　　2024 年 4 月天津第 1 次印刷

定价：59.80 元

读者服务热线：**(010)81055296**　印装质量热线：**(010)81055316**
反盗版热线：**(010)81055315**
广告经营许可证：京东市监广登字 20170147 号

前言

Preface

　　本书以唐朝有代表性的传统色彩作为引线，介绍了传统色彩背后的文化故事，包括色彩与古人的衣食住行之间的关系，让读者感受中华文化独特的色彩意象。

　　全书分为两章，第一章介绍唐朝的社会风貌、文化、艺术，以及喜爱和常用的颜色。第二章从唐朝的服饰用色、绘画用色以及器物用色中筛选出了具有代表性的16种传统色彩，讲解关于传统色彩的文化背景、色彩搭配、文物知识以及展示纹样。由于年代久远，很多文物的色彩、纹样不再清晰，在创作中我们已经尽力去还原；还有些纹样只能在书中查找到黑白稿，为了更好地展示效果，我们对这些纹样进行了二次创作并且重新上色，所以纹样的造型和色彩会与原纹样存在一些偏差。

　　本书在颜色筛选上，既考虑到符合唐朝整体的艺术风格特点和审美艺术代表性，又考虑到唐朝崇尚和喜爱的颜色，让读者能从色彩上感受和了解唐朝之美。其中服饰用色多为植物色，主要选自唐朝的宫廷服饰和女子服饰，另外我们还对唐朝女子的妆容颜色进行了介绍；绘画用色则以矿物色和动植物色为主，唐朝的绘画是中国古代画的巅峰之一，因此我们选取了不同种类的绘画讲解，有绚丽多彩的壁画，还有工致严谨的人物画等；唐朝的建筑气势宏伟、庄重大方，因此我们选取了具有代表性的佛光寺来讲解唐朝建筑用色；同时唐朝的器物也十分出彩，如绚丽的唐三彩、典雅的青白瓷、璀璨的金银器以及精美的螺钿工艺品等。

　　由于传统色的色值目前并没有一个统一的标准，我们在查证文献资料时发现传统色的命名较为模糊，常出现一名多色或者一色多名的情况。我们在寻找跟色彩相关的文化知识时也遇到了色彩命名笼统性的问题：例如某些古籍记载服饰用色时，红色统一写为赤色，而黑色、绿色、蓝色都可以称作青，因此本书在颜色的定义上可能会有偏差。对于书中涉及的内容，我们始终保持着虚心听取意见的态度。最后，希望本书能给大家带来有趣的阅读体验。

红糖美学

目 录

Contents

第一章

唐朝为何华贵

大唐的社会风貌

政治背景 /8

经济背景 /8

文化背景 /8

包容开放的大唐盛世

服饰特点 /9

书画特点 /9

器物特点 /9

华贵典雅的大唐色彩

流光溢彩的大唐 /10

绘画用色 /10

陶瓷用色 /11

纹样用色 /12

服饰用色 /13

建筑用色 /14

第二章

盛世大唐的色谱

石榴红 16

文物里的中国色

榴花开欲然 /18

纹样里的中国色

石榴花纹 /20

宝相花纹 /21

土朱 22

文物里的中国色

刻桷朱楹 /24

纹样里的中国色

卷草莲花纹 /26

忍冬纹 /27

琥珀色 28

文物里的中国色

瑰丽厚重 /30

纹样里的中国色

联珠小团花纹 /32

缠枝宝相花纹 /33

颜酡 34

文物里的中国色

稚朱颜只 /36

纹样里的中国色

瑞锦纹 /38

团花纹 /39

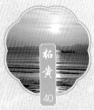

柘黄 40

文物里的中国色

帝王专属 /42

纹样里的中国色

联珠对龙纹 /44

团窠龙纹 /45

金色 46

文物里的中国色

金彰华彩 /48

纹样里的中国色

莲花平棋纹 /50

花树纹 /51

额黄
52

文物里的中国色
金霞满额 / 54

纹样里的中国色
联珠鸾凤纹 / 56
联珠菊花纹 / 57

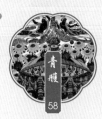

青暝
58

文物里的中国色
生趣盎然 / 60

纹样里的中国色
瑞花鸳鸯纹 / 62
牡丹树对羊纹 / 63

铜绿
64

文物里的中国色
鲜亮绚丽 / 66

纹样里的中国色
立狮宝相花纹 / 68
联珠对马纹 / 69

秘色
70

文物里的中国色
如冰似玉 / 72

纹样里的中国色
波狮对凤纹 / 74
联珠对鸟纹 / 75

曾青
76

文物里的中国色
深邃神圣 / 78

纹样里的中国色
飞天莲花纹 / 80
莲花卷草纹 / 81

钴蓝
82

文物里的中国色
绚丽珍贵 / 84

纹样里的中国色
雁衔缨络茶花平棋纹 / 86
茶花纹 / 87

紫绶
88

文物里的中国色
紫绶高升 / 90

纹样里的中国色
联珠团窠花树对鹿纹 / 92
联珠狩猎纹 / 93

绛紫
94

文物里的中国色
华贵非凡 / 96

纹样里的中国色
花卉狩猎纹 / 98
卷草纹 / 99

瓷白
100

文物里的中国色
类雪似银 / 102

纹样里的中国色
蝶绕繁花团窠纹 / 104
朵花团窠对雁纹 / 105

茶色
106

文物里的中国色
沉稳洗练 / 108

纹样里的中国色
葡萄石榴纹 / 110
茶花团花纹 / 111

参考文献 / 112

使用说明

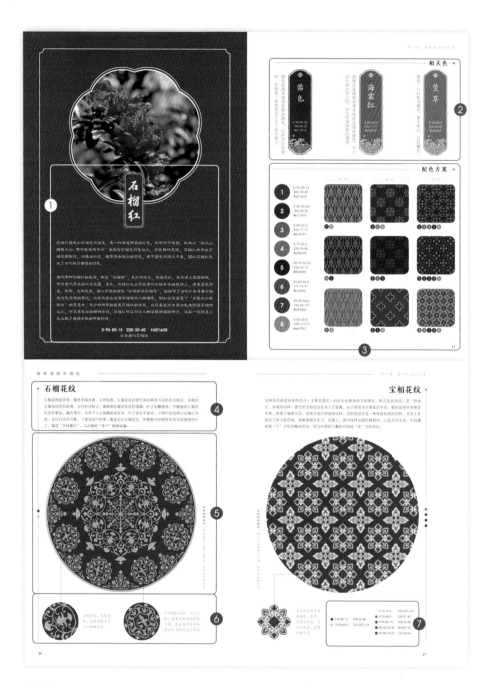

❶ **主色**
主色的名称、CMYK 和 RGB 以及历史文化背景介绍

❷ **相关色**
三个相关色的名称、相关资料以及 CMYK 和 RGB。

❸ **配色方案**
提供了主色的九种配色方案。通过方案下的编号，从左列能查找色值。

❹ **纹样介绍**
纹样的名称以及历史文化背景介绍。

❺ **纹样展示**
纹样大图展示以及参考来源标注

❻ **纹样元素**
纹样中单个细节元素的展示和介绍。

❼ **色值**
两页纹样的配色和色值，色值顺序是先 CMYK 再 RGB。左边为左页纹样的色值和配色，右边为右页纹样的色值和配色。

第一章

唐朝为何华贵

大唐的社会风貌

无论是政治、经济还是文化，唐朝都呈现出一种兼收并蓄的气派。

政治背景

在中国自汉代以来两千多年的历史长河中，唐朝是当之无愧的黄金时期。政治上，唐朝开放且清明，以科举取士，智者献谋，勇者竭力，还有其他国家的人才来唐为官，使唐太宗（图1-1）发出了"天下英雄，尽入吾彀中"的感叹。

经济背景

经济上，唐朝注重休养生息，唐朝前期推行均田制，调动了人民的生产积极性，同时鼓励发展工商业。因此唐朝的社会经济迅速发展，各地人口不断增长，商业贸易空前活跃，城市生活也愈加丰富。

文化背景

文化上，唐朝呈现出百花齐放的特点。首先，唐朝出现了雕版印刷术，这对文化的传播与发展起到了促进作用。其次，唐诗的发展将中国诗歌艺术推向高潮，涌现出李白、杜甫等一大批文学巨擘。最后，唐三彩与敦煌莫高窟等艺术作品也都令后人惊叹。

▲ 图1-1 唐代《唐太宗立像》局部 台北故宫博物院藏

包容开放的
大唐盛世

服饰特点

大唐的艺术风格既有北方文化的粗犷奔放，又吸收了南方文化的含蓄隽永，从而形成了多种多样的艺术表现形式。首先服饰上开放浪漫、百花齐放。其中圆领袍是唐朝男子普遍穿着的常服，圆领窄袖，干练利落。唐朝女子主要着襦裙，上着短襦或衫，下着长裙，佩披帛，如图1-2中所画的仕女形象一样。唐朝的审美风格从初期的清新明丽过渡到中后期的雍容华贵，充分反映了自由开放的艺术精神。

▲　图1-2　唐代　周昉　《内人双陆图》　美国弗利尔美术馆藏

▲　图1-3　唐代　欧阳询　《行书千字文卷》局部
辽宁省博物馆藏

书画特点

唐朝在书画方面也是继往开来，名家辈出。书法上以初唐四大家欧阳询（图1-3代表作）、褚遂良、虞世南、薛稷潇洒飘逸的楷书为代表，承续"二王"书体，为后世书体树立了典范。书画同源，唐朝的绘画艺术也有很大的突破。初唐绘画以佛像和人物为主，出现了阎立本等丹青名家，盛唐题材更丰富，画法也多有创新，如人物画愈加有生活气息，山水画也日益兴盛。

器物特点

唐朝的工艺水平也达到了一个高峰，其间能工巧匠制造的器物造型精巧，装饰华丽，色彩纹样浑然一体。唐三彩就是这一时期典型的陶瓷工艺品，以黄、褐、绿、白、蓝、黑为基本釉色，色泽艳丽。唐三彩种类丰富，有人物、动物、生活用具（图1-4）等，风格写实，造型逼真，趣味横生。

▲　图1-4　唐代　三彩陶瓷碗　大都会博物馆藏

华贵典雅的大唐色彩

流光溢彩的大唐

唐代文化的瑰丽多姿、丰富多彩将中国传统文化推向一个新的历史高度，这样的文化特性影响了唐代色彩的运用。唐朝用色大方自信（图1-5），在此基础上还吸收了西域色彩文化，热情的红色调、明亮的黄色调、沉稳的绿色调、清爽的蓝色调、深沉的赭色调，以及高雅的紫色调等颜色，一起构建了流光溢彩的大唐色彩。

▲ 图1-5 北宋 赵佶（传）
《摹张萱虢国夫人游春图》
辽宁省博物馆藏

绘画用色

唐人对绘画色彩的运用各有千秋。山水画分为青绿山水与水墨山水两大体系：青绿山水喜用浓艳的青绿色来涂染，有时也加入金色，制造出华丽灿烂的效果；水墨山水则主要以多层次的墨色来表现，有"墨分五彩"之说。

唐代的人物画十分兴盛，且对人物的刻画越发注重还原现实生活和人物精神面貌，因此在用色上层次复杂。这一时期的人物画多已摆脱了单纯的平涂色彩，更多运用水色调和。在人物服饰的色彩渲染上多使用绯红、绛紫、青绿、明黄等色，例如图1-6的《人物卷》用色鲜艳明快，展现出这一时期华贵典雅的服饰风格。

另外，唐代人物画塑造的仕女、官员、贵族等形象栩栩如生。总体来看，唐代人物画用色艳而不俗、富而不骄，反映了大唐的审美风尚。

▼ 图1-6 唐代 周昉 《人物卷》 台北故宫博物院藏

陶瓷用色

大唐富足繁荣，有许多文化交流的机会，人们已不再满足用本色或纯色材料制作工艺品，开始追求华美缤纷的色彩搭配。唐朝的瓷器多为单色釉，颜色以青、白色为主，简单纯净，如冰玉、银雪，多为生活用器。而唐朝的陶器色彩富丽明艳，有黄色、蓝色、绿色、茶褐色等。唐朝器物装饰技法多样，如贴金银、螺钿、金银平脱等技法，颜色也用不同的装饰材质来表现深浅层次，制造出富丽华美的艺术效果。

以唐三彩为例，其色彩包含了浅黄、赭黄、深绿、天蓝、茄紫等色，在同一件器具上交错使用，无论是动物俑还是人物俑都非常写实，造型雄浑大气。图1-7所示的三彩釉陶器釉色绚丽，造型别致；图1-8所示的三彩宝相花纹盘，纹样华美，反映了唐代生活的缤纷多彩。唐三彩丰满浑厚的艺术风格，也与唐朝金碧青绿的重彩画风相互呼应，对元明时期的琉璃、明清时期的五彩和珐琅彩的设色产生了深远的影响。

▲ 图1-7 唐代 三彩釉陶器
大都会博物馆藏

▲ 图1-8 唐代 三彩宝相花纹盘 大都会博物馆藏

纹样用色

唐朝时期的纹样风格继承了西周的严谨与春秋战国时期的舒展，又融合了秦汉的明快与魏晋南北朝时期的飘逸洒脱。因开放与繁荣的社会环境，唐朝纹样整体风格雍容大气，构图匀称饱满，色彩高贵典雅。

唐朝不同时期流行的纹样题材有所不同。初唐时期，练鹊、鸳鸯、孔雀、龙凤、羊等鸟兽纹样地位突出；盛唐和中唐时期，鸟类纹样多于兽类纹样，且莲花、牡丹、葡萄、石榴、忍冬、宝相花等花卉果实纹样的数量日益增长；晚唐时，花卉果实纹样的地位不断上升，兽类纹样逐渐减少，色彩上以红、绿、紫、黄、褐等为主。

唐朝的很多纹样都不是单独存在的，而是多种纹样组合搭配，例如联珠纹、团花纹、宝相花纹等，呈现出饱满繁复的特征。图1-9是唐代联珠团窠花树对鹿纹，团窠由环形花瓣构成，团窠内有花树纹和对鹿纹，色彩冷暖协调。

总的来说，唐朝纹样造型华丽，色彩搭配丰富，虽然纹样用色鲜艳，但不会给人眼花缭乱之感，充分展示了繁而不乱、华美生动的审美。

▲ 图1-9 纹样绘制参考：唐代联珠团窠花树对鹿纹

服饰用色

唐代服饰在本土服饰特点的基础上，吸取了西域的文化，因此胡服在唐朝非常流行，人们竞相穿着色彩鲜艳的胡装。

唐代女子还大胆地使用红色、杏黄、绛紫、青绿等艳丽鲜亮的色彩来装扮自己，红色尤其受到其喜爱。唐代女子有时也会穿着淡绿、葱白、银灰、淡紫等清淡色彩的上衣来调整全身服饰的色度，让服饰整体色彩艳而不俗（图1-10）。

唐代的服饰色彩在一定程度上还体现了等级观念。一是赤黄成为皇帝的专用服色，官民禁止穿黄。二是官员的服色按照官阶加以区分，如唐太宗曾对百官朝服的颜色做了规定：三品及以上官员服紫色，四品官员服深绯色，五品官员服浅绯色，六品官员服深绿色，七品官员服浅绿色，七品以下官员服青色。

唐朝在特殊职业和普通百姓的服色上也有规定。例如士兵须服黑色，为了防止普通百姓与士兵身份混淆，禁止普通百姓服黑色。

▶　图1-10　初唐女子襦裙装

▲ 图 1-11 唐代 李昭道 《蓬莱宫阙图卷》局部 台北故宫博物院藏

建筑用色

唐朝的建筑在颜色上主要保留了汉代以来的传统，即"朱柱素壁""白壁丹楹"，主要采用土朱或赫红与白色的组合。例如图 1-11 中，建筑主体搭配使用朱红和白色，屋顶呈素灰，衬托着绿树青山，显得简洁明快、庄重典雅，可见唐代建筑常用的色彩为白、灰、朱红等。

唐朝建筑的局部如柱枋、斗口、藻井和门窗等处，会点缀彩画，用色讲究。唐代的彩画使用退晕技法，就是将一个颜色调成不同的深浅，使得建筑色彩更加丰富。例如唐代敦煌莫高窟藻井井心的纹样（图1-12）就是该技法的典型代表，藻井井心纹样色彩丰富，有青色、绿色、红色、黄色、白色等，相同颜色的深浅不同，如此参差结合，旋转环绕，犹如莲花在色轮上发光旋转，绚丽繁复，灿烂夺目。

▲ 图 1-12 唐代 敦煌莫高窟第 320 窟团花藻井井心

第二章

盛世大唐的色谱

石榴红

石榴红因色如石榴花而得名，是一种清透明亮的红色，热烈而不张扬。杜牧以"似火山榴映小山，繁中能薄艳中闲"来形容石榴花颜色似火，颜色鲜艳蕊眼。石榴红并非由石榴花所制成，而是由红花、茜草等染制出的颜色，难于固色而得之不易，因此石榴红也成了古代较为奢侈的颜色。

唐代有种石榴红的唇脂，取名"石榴娇"，色红而纯正，艳若丹砂，女子涂上显得娇艳，符合唐代开放的社会氛围。另外，石榴红也出现在唐代年轻女子的服饰上，用来展现青春、热烈、无拘无束。唐人万楚的诗句"红裙妒杀石榴花"，就描写了当时少女身着石榴裙与花竟艳的景况。文学作品也会用石榴裙为人物增色，例如白居易笔下"五陵年少争缠头"的琵琶女，年少时所穿的就是石榴红的裙装。白居易在文中用血色来形容石榴裙之红，可见其色彩的鲜艳夺目。石榴红可以衬出人物容貌娇媚的特点，这在一定程度上也反映了唐朝女性的审美标准。

0-95-80-15　208-30-40　#d01e28

出自唐代石榴裙

相关色 ●

茜色

0-95-90-30
183-24-20
#b71814

茜色是茜草果实及根的颜色，可作为红色染料。在唐朝，茜色常见于女子的衣裙上。

海棠红

5-85-65-0
226-71-71
#e24747

海棠红是海棠秋季开花时呈现的颜色，介于洋红和红色之间，给人性感娇艳的感觉。

萱草

0-75-85-5
228-94-40
#e45e28

萱草，古时称为谖草，黄中带红，近似橘色。

配色方案 ●

		贰色	叁色	伍色

1 　0-95-80-15　208-30-40　#d01e28

2 　0-95-90-30　183-24-20　#b71814

3 　5-85-65-0　226-71-71　#e24747

4 　0-75-85-5　228-94-40　#e45e28

5 　50-95-55-20　128-36-72　#802448

6 　35-80-55-0　177-79-91　#b14f5b

7 　30-90-35-0　184-54-107　#b8366b

8 　0-65-55-0　238-121-97　#ee7961

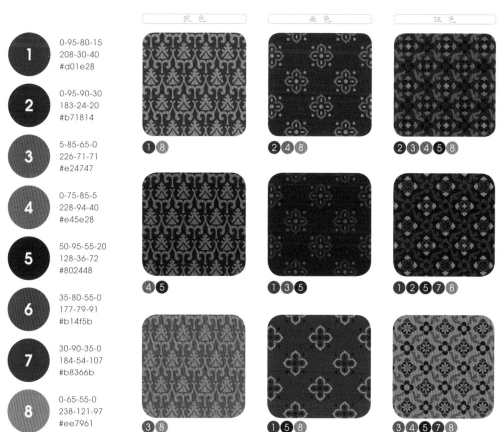

❶❽　❷❹❽　❷❸❹❺❽

❹❺　❶❸❺　❶❷❺❼❽

❸❽　❶❺❽　❸❹❺❼❽

榴花开欲然

簪花高髻：一种在唐代很流行的发型，通常为真、假发相结合，再在高髻上簪首饰与鲜花，如牡丹、芍药、荷花、海棠等。

由于世风开放，唐代妇女所受束缚较少，因此服饰款式众多且新颖，色调明亮艳丽，风格也十分华美。在唐代近三百年的历史中，女子服饰主要流行"襦裙服""女着男装"和"女着胡服"三种风格。中唐以后，女性日常服饰多为肥大的裙装，从唐代绘画中可以看到此时期的唐代女子穿襦的娇美形象——外着袒胸大袖衫，内着齐胸裙，长裙曳地，白皙肌肤若隐若现，平添几分风韵与性感。

唐代女子多喜欢色彩鲜艳的裙子，以红、紫、黄、青色为多。裙装以色彩分类有全红的石榴裙、间色的条纹裙、加入金色丝线装饰的金丝裙和金缕裙等。其中石榴裙裙裾翻飞，宛如火焰，衬得女子肤如凝脂，在唐代尤其备受青睐，与衣裙相配的浓艳的红妆，也是当时十分流行的面妆。裙子所用面料十分丰富，有绢、绫、绮、纱、罗等。到盛唐时期，女子裙装更加精美华丽，但石榴裙是流行时间最长的裙装之一。

唐诗中有大量的诗句记录石榴裙风尚，例如白居易的"郁金香汗裛歌巾，山石榴花染舞裙"生动描述了石榴裙的靡丽。杨贵妃也尤其喜爱穿着石榴裙，据说唐玄宗宠爱贵妃，命百官遇见贵妃一律见礼，拒不跪拜的人会遭到严惩，众臣无奈，见贵妃着石榴裙曳地而来，纷纷施礼，"拜倒在石榴裙下"这句俗语便是由此而来。

▲ 图 2-1 唐代 周昉《簪花仕女图》辽宁省博物馆藏

除了古籍记载，在古画中我们也能看到唐代女子着装风尚，尤其是唐代的仕女画发展繁荣兴盛，为我们提供了许多唐代女子服饰文化的参考资料。例如，周昉所作《簪花仕女图》（图2-1）可以说是唐代仕女画的代表，画中事物主次远近排列巧妙，六名女子都身着石榴红底色的飘逸长裙，可以看出大唐女性喜爱着红，体现了鲜明的女性审美。着红艳盛装的贵族女子，或采花，或看花，或漫步，或戏犬，她们的服装、体态、眉目、表情也各不相同，但都梳着云髻，蛾眉间贴花钿，前额发髻上簪步摇，鬓髻之间各簪牡丹、芍药、绣球等花。画中这种宽博飘逸、锦带束胸、下裾拖地的裙装样式在中唐晚期盛行，仕女们争相效仿，至唐文宗时曾下令禁止，但仍十分流行。

《簪花仕女图》在配色上，恰当地运用了复杂的色调，虽有大片石榴红重复，却不单调。六名女子所穿的裙子皆是石榴红底色，裙子的团花织锦面料给人以花团锦簇、层次分明之感。团花由大红、粉白、墨绿、黄、宝蓝等色彩组成，恰似百花争艳，富贵华丽。尤其是衣裙外罩白色纱衫成了以虚衬实的点睛之笔，纱衫笼罩下的肌肤和衣裙改变了颜色，但它却依旧使人保有对肌肤和衣裙原有色调的联想。纱衫以清透之白反衬出了石榴裙的妍姿俏丽、光艳逼人，使黑、白与石榴红等鲜艳的色彩相互衬托又相互制约，形成了色彩上沉着和明快相结合的关系。

石榴花纹

石榴花艳丽多姿，寓意多福多喜、吉祥如意。石榴花纹在唐代各时期有不同的形态特征。初唐的石榴花纹花形舒展，主叶形状较尖；盛唐的石榴花纹花形饱满，叶子呈翻卷状；中晚唐的石榴花纹花形繁丽，遍布宽叶，由多个小云曲瓣组成花朵，叶子多呈平卷状。下图中的纹样以石榴红为地，花纹以金色勾勒，三重花纹中的第二重是忍冬石榴花结，伴着散开的树枝和具有韵律感的叶子，寓意"开枝散叶"，与石榴的"多子"相映成趣。

石榴花纹，花萼稍长，花朵由若干个小云曲瓣组成。

以石榴红为地，颜色火红，花朵包围着衔花的飞鸟，象征着对爱情和美好生活的追求与向往。

宝相花纹

宝相花纹就是将某些花卉（主要是莲花）的花头处理得较为图案化、程式化的花纹，是一种端庄、美观的纹样。唐代的宝相花纹花朵大且复瓣，由于使用多次重复的手法，整体显得非常雍容华贵，体现了盛唐风采，是极为流行的装饰纹样。宝相花纹也是一种等级较高的纹样，多用于宫廷仪卫的宝相花袍，或被装饰在车马、乐器上。图中纹样呈圆形辐射状，以花卉为主体，中间镶嵌着"十"字形四瓣朵花纹，其与四周的八瓣花叶构成"米"字形花纹。

纹样绘制参考：唐代忍冬宝相花纹锦（纹样色彩有改动）

宝相花纹的花瓣由橙色、蓝色、浅橙色组成，富丽而优美，体现盛唐风采。

●	0-95-80-15	208-30-40
●	15-20-60-0	224-202-118

●	0-10-15-0	253-237-219
●	0-75-85-0	235-97-42
●	0-95-80-15	208-30-40
●	80-50-30-30	40-89-119
●	50-80-70-20	129-65-64

土朱

"朱"在《说文解字》中意为赤心木，五行属木，因此多用于木材上。土朱是指朱中偏暗的深红，别名有土红、丹土等，其红的纯度较低，具有哑光质感，增添了稳重感。土朱早在先秦两汉时期就被使用于礼制建筑上，以表现庄重之感，后面也多用于民间的陶瓷、建筑彩画等领域。

在古代，有个传统就是在木面上涂土朱，在土墙或篱笆墙面抹草泥涂白，此谓"白壁丹楹"。这样既可以保护材料表面还可以美化建筑。汉代以来，除了灰色陶瓦屋顶外，外檐的色彩以红、白二色为主，唐代建筑继承此做法，多在木构件上刷土朱，因此唐代的彩画匠师常自题为"赤白博士"。从洛阳大量的唐代贵族墓葬到周边山西、宁夏、新疆的唐墓中，可以见其木构件几乎全部以土朱刷饰，敦煌壁画中的唐朝建筑也大多通体刷土朱。李益就曾在见过僧人广宣所住红楼院后，提笔写下"柿叶翻红霜景秋，碧天如水倚红楼"的诗句，感叹土朱墙壁与经霜后的柿树林连成一片，格外鲜红夺目。

35-100-100-0   176-31-36   #b01f24

出自唐代建筑

相关色

真朱

23-100-97-0
196-24-34
#c41822

真朱常称丹砂、朱砂，颜色鲜艳纯正，是传统的朱红，即所谓的故宫红。体现了真朱的颜色之正。

铅丹

30-90-97-0
185-58-36
#b93a24

铅丹颜色偏橙红，色彩鲜艳，遮盖力强，又称红丹、樟丹，常用来给壁画打底。

彤色

5-90-98-0
225-57-20
#e13914

彤色，是早上太阳初升时的颜色，给人一种朝气蓬勃的感觉。在唐代，彤色常见于各种装饰物品上。

配色方案

| | | 贰色 | 叁色 | 伍色 |

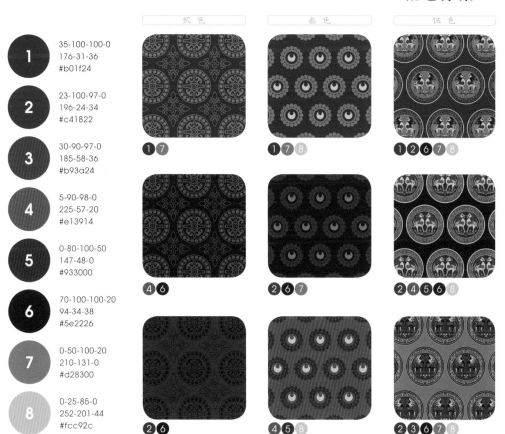

1　35-100-100-0
176-31-36
#b01f24

2　23-100-97-0
196-24-34
#c41822

3　30-90-97-0
185-58-36
#b93a24

4　5-90-98-0
225-57-20
#e13914

5　0-80-100-50
147-48-0
#933000

6　70-100-100-20
94-34-38
#5e2226

7　0-50-100-20
210-131-0
#d28300

8　0-25-85-0
252-201-44
#fcc92c

刻桷朱楹

唐朝的经济、政治、文化全面繁荣，形成了宏伟壮丽的大唐气象，这种气象也表现在唐朝的建筑之中。唐朝建筑形成了一个完整的体系，布局规划和建筑风格都有自身的特色——规模恢宏大气、外观雄伟壮丽、整体对称统一。例如都城长安，宫殿宏大，亭台楼阁鳞次栉比，街道笔直宽阔，坊市整齐有序。上至皇家殿宇，下至民间宅第，大多是土木结构的建筑，以土朱、黄丹和白粉刷染木构件，房顶青瓦层叠，整体朴素而不失庄重，尽显大唐之壮美。

✦ 佛光寺

土朱在唐代一般用于刷木构件，也有为木构拱、枋的侧棱涂上黄色的做法，以用色调差异不大的颜色组合来增加木构件部分的立体感；如果建筑的墙壁刷成白色，工匠会选择搭配青灰或黝黑的瓦顶，这样就可以适当减弱建筑上土朱部分的鲜艳感，显得鲜亮而素洁。比如大明宫的木构部分以土朱为主，大面积色块与周遭环境的冷色调进行对比，上部斗拱用暖色调彩画装饰，屋顶铺设光亮的黑色陶瓦，屋脊及檐口有时用绿色琉璃点缀，朱门绿窗，使得本来就威仪万千的宫殿，变得华美壮丽、璀璨辉煌。

唐代的宗教建筑也多采用土朱涂刷柱、额枋、斗棋、门窗、墙壁等部分，较少施以彩画，格调古朴。其中的代表就是佛光寺。佛光寺的重现还要从1937年说起，著名建筑学家梁思成偶然看到敦煌莫高窟五代时期第61窟西壁的《五台山图》（这是现存的莫高窟壁画中

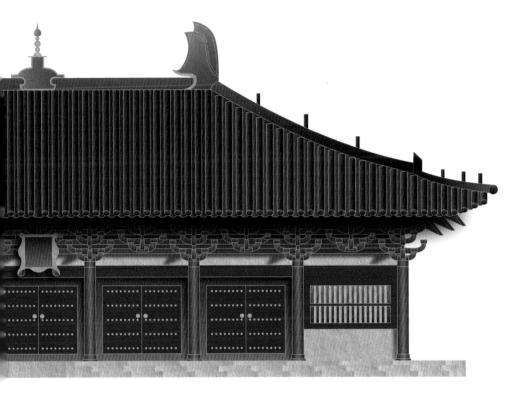

▲ 图2-2 唐代 佛光寺 五台山南台西麓示意图

面积最大的一幅壁画，也是我国现存的最早的形象地图），图中绘有一座庙宇，名为"大佛光之寺"，于是和妻子林徽因动身前往五台山寻找此寺。二人在山西群山中经过艰苦考察，终于发现了被遗忘多年的佛光寺，此后这座古刹也重新被世人认可。佛光寺位于五台县东北方，始建于北魏孝文帝时期，隋唐时为五台山一大名刹。佛光寺内的东大殿是我国现存古建筑中能体现唐代木构建筑特征的一个实例，殿内的塑像、壁画和题记也仿佛在向世人诉说着大唐的过去，具有极高的史料价值与艺术价值。

图2-2为唐宣宗大中十一年（857年）重建的东大殿，其经修复后重现于世。东大殿殿面宽七间，为佛光寺的主殿，位于寺院内东向的山腰，殿内一层层斗拱承托起梁架及屋檐。梁思成评价其建筑风格为"斗拱雄大，出檐深远"，有威压之势。大殿殿内阑额上的涂饰，以土朱为地，然后并排画上七个白色圆形。除椽头、拱、昂的前面等迎光部位颜色为浅赭黄，斗和驼峰为石绿外，其他木面所望皆是土朱，所有抹灰墙面包括望板、拱眼壁和各枋之间均为白色。朱白对比，鲜丽而和谐，古老又清新。白壁衬托土朱的木构件，体现出了结构之美。它们与素灰的台基和屋顶一同，使大殿尽显庄严。

卷草莲花纹

卷草纹是一种呈波形向左右或者上下延伸的花草纹，盛行于唐代，卷草纹使用的装饰花草一般为忍冬、荷花、兰花、牡丹等，花草造型多卷曲圆润，常用于边角装饰。唐代的石刻与室内铺砖以与佛教题材相关的莲花纹应用最为广泛；例如瓜州锁阳城出土的唐代卷草莲花纹方砖。图中的卷草莲花纹以土朱为底色，主体花纹由黄色的莲心、绽开的花瓣以及莲蓬构成，装饰效果极佳。

纹样绘制参考：唐代卷草莲花纹方砖（纹样色彩有改动）

黄色的卷草纹大气华贵，以土朱为地，颇有一种异域风情。

莲花处于中心呈圆形，四角有忍冬卷草环绕，枝条卷曲，有较多的弧线，画面整体流畅、色彩华丽。

忍冬纹

唐代盛行以花砖铺地，装饰纹样以宝相花纹、忍冬纹、葡萄纹等较为多见。忍冬是一种藤蔓植物，因凌冬不凋而得名，因其舒卷流畅、易于延展而成为装饰的主题，与其他花卉组成各种纹样，多用于石刻、染织物与壁画，在唐朝许多寺院的壁画上都能看到精美的忍冬纹。图中的忍冬纹呈四方连续排列，以土朱为地，搭配浅橙和浅黄，再用绿色做点缀，整体尽显大气瑰丽。

纹样绘制参考：唐代忍冬纹石砖（纹样色彩有改动）

纹样中间为对称结构，以土朱为地，寄托生生不息与健康长寿的美好愿望。

● 35-100-100-0	176-31-36
● 15-20-60-0	224-202-118
● 0-75-95-0	235-97-18
● 10-20-65-0	234-205-106
● 0-40-60-15	221-157-95
● 65-40-75-0	107-134-88
● 35-100-100-0	176-31-36

琥珀色

琥珀色来源于琥珀，琥珀因产地不同，颜色也有细微的不同，但琥珀色大多呈黄偏红的透亮色彩，色感华丽高贵。琥珀作为一种历史悠久的宝石，在《山海经》中被称为"遗玉"。古人认为琥珀是老虎濒死时的目光凝结而成的，因此古时琥珀也叫"虎魄"。

开放的经济制度与繁盛的贸易往来，使得大量的琥珀从西域传入，因此唐代琥珀的使用率比前朝要高很多，有由琥珀制作的实用器具、饰品等。琥珀色在唐代还用来形容美酒的色泽。如李白在《客中行》中用"玉碗盛来琥珀光"来描述玉碗里所盛的兰陵美酒发出琥珀色的光彩。而李贺也用琥珀色指代黄酒，"琉璃钟，琥珀浓，小槽酒滴真珠红"，酒杯中透彻莹亮的琥珀色美酒与酒盏琉璃钟相映，无一不美。

20-85-90-0 202-71-41 #ca4729
出自唐代螺钿紫檀五弦琵琶

相关色 →

姜黄指姜科植物姜黄根茎的颜色，呈淡淡的暖黄色。姜黄在古代常见于上衣或女子头饰。

姜黄

0-30-60-0
249-194-112
#f9c270

黄栌是一种落叶灌木，在古代是重要的观叶树种。黄栌的木质部分呈中黄，木材可以用来做衣服的染料。

黄栌

15-45-75-0
219-156-74
#db9c4a

密陀僧为橘黄的矿物晶体，在古代用途广泛，既可以作为国画颜料，又可以作为药材治疗皮肤病。

密陀僧

0-55-70-10
226-134-72
#e28648

配色方案 →

			贰色	叁色	伍色

1　20-85-90-0　202-71-41　#ca4729

2　0-30-60-0　249-194-112　#f9c270

3　15-45-75-0　219-156-74　#db9c4a

4　0-55-70-10　226-134-72　#e28648

5　20-75-70-0　204-93-71　#cc5d47

6　0-45-45-0　244-165-131　#f4a583

7　0-40-75-0　246-173-72　#f6ad48

8　45-80-100-15　144-70-33　#904621

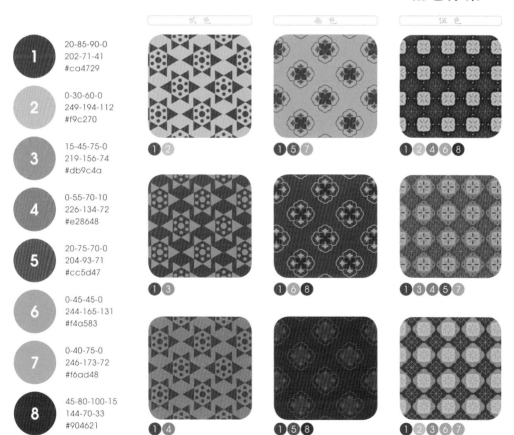

❶❷　❶❺❼　❶❷❹❻❽

❶❸　❶❻❽　❶❸❹❺❼

❶❹　❶❺❽　❶❷❸❻❼

瑰丽厚重

▲ 图 2-3 唐代 平螺钿背八角镜 日本东大寺正仓院藏 临摹

琥珀在唐朝主要靠进口或上贡而得，因此相对珍贵。琥珀制品多数存于皇室贵族和官宦人家，民间比较少见。唐代史学家李延寿编《南史》时记载齐国潘贵妃所用的琥珀钏，一只就价值连城，由此可见琥珀的珍贵。唐代的琥珀不仅用于装饰，也承载了不同的使用功能。唐人也把琥珀当作稀有的香料，李白就曾在诗中提及余香缭绕的琥珀枕。琥珀色的色泽瑰丽，历经成百上千年后，具有独特的厚重感。

在唐朝，琥珀常用于小面积装饰，与贝壳、玟瑁、绿松石等组合用在木质或金属质地的器具上，比较典型的有唐朝的螺钿铜镜。与汉代素朴简约的风格不同，唐朝的铜镜铸造技术与装饰技术达到了较高水平，融入了金银平脱、贴金贴银、鎏金、嵌螺钿等技法，使不同的珍贵珠宝组合在一起。为了使螺钿铜镜更加精美，在螺钿之间会填上琥珀，缝隙之间会填以细小的青金石、玛瑙等宝石，使得铜镜背面装饰五彩斑斓。

图2-3为唐代的平螺钿背八角镜，是螺钿铜镜的代表之作。在铜镜的背面，镶嵌了诸多大小、形状不一的贝壳琥珀，以同心圆的形状排列出有规律的纹饰，似大小不一的花瓣。镶嵌材料使用的是南海的夜光贝和缅甸的红琥珀，二者巧妙地组合在一起，琥珀色将贝壳本身洁白的色泽衬托得华丽精致，别具韵味。

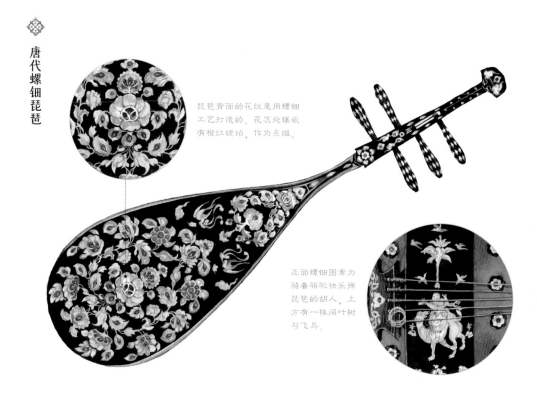

唐代螺钿琵琶

琵琶背面的花纹是用螺钿工艺打造的。花蕊处镶嵌有橙红琥珀，作为点缀。

正面螺钿图案为骑着骆驼快乐弹琵琶的胡人，上方有一株阔叶树与飞鸟。

▲ 图2-4 唐代 螺钿紫檀五弦琵琶 日本东大寺正仓院藏 临摹

在唐代，琥珀螺钿技术除了在铜镜上有所应用，也用于木质乐器的装饰。因木质器具常涂抹漆层，附着力与装饰面积更大，所用的装饰材料无论是形状还是面积都与铜镜有所不同。唐朝的工匠甚至会用光洁莹润的螺片制成人物、花草和鸟兽等形象，黏于深色的漆器表层，再饰以琥珀和其他颜色的宝石，使得色彩更加饱满和谐。使用琥珀螺钿技术的木质器具，材质多为紫檀木，如螺钿紫檀棋桌、螺钿紫檀阮咸、螺钿紫檀琵琶等，据说以紫檀木制作的乐器音质好、音量大，加上诸色装饰，十分华贵。

图2-4为唐代的螺钿紫檀五弦琵琶，紫檀木质，直颈大腹，为流畅的水滴形。琵琶正面以玳瑁和紫檀木为底，通身嵌有花、鸟、羽毛、草叶、云彩等形状的螺钿，甚至侧面与琴轴上都布满了螺钿花朵，可谓绚烂至极。这些花朵的花蕊、花叶都用金线描绘，涂以红碧粉彩，中间镶嵌有橙红的琥珀，色彩十分瑰丽。此外，琵琶的颈部也饰有琥珀与散点花朵。琥珀的颜色华丽清新，与光彩照人的螺钿相映成趣，共同表现了盛唐的风采。

联珠小团花纹

团花纹是一种泛称，指以各种植物、动物或吉祥文字等组合而成的圆形图案，是唐宋时期流行的服装纹样。欧阳炯诗中"叠雪罗袍接武，团花骏马娇行"说的便是河畔赏春的人们穿着团花纹的服饰。团花纹也是官僚舆服制度中体现等级的重要一环。例如，唐代规定，皇室宗亲及大臣的常服，亲王至三品用紫色"大科花"（即大团花）绫罗制作，四品、五品用朱色"小科花"（即小团花）绫罗制作。下图纹样取自唐代联珠小团花纹锦，其中琥珀色与绿色搭配，显得十分靓丽。

纹样绘制参考：唐代联珠小团花纹锦（纹样色彩有改动）

纹样中间的团花以绿色为底，外面的联珠以琥珀色为底，再用浅橙的圆珠和花做点缀。

绿色忍冬纹向四面展开，与中间琥珀色的花朵形成鲜明对比，图案更加生动。

缠枝宝相花纹

宝相花纹又称宝花纹，是唐代对团窠花卉图案的一种称呼，也是我国传统服饰纹样中较为常见的一种植物样式。图中主体纹样为缠枝宝相花纹，以浅橙为地，宝相花纹的花蕊部分点缀以鲜亮的琥珀色，整体纹样呈中心对称状，团窠之间以十字形花叶纹为辅。纹样中宝相花有四瓣心形花瓣，四周藤蔓环绕，象征着团圆、圆满、幸福。

纹样绘制参考：唐代缠枝团窠宝相花纹锦（纹样色彩有改动）

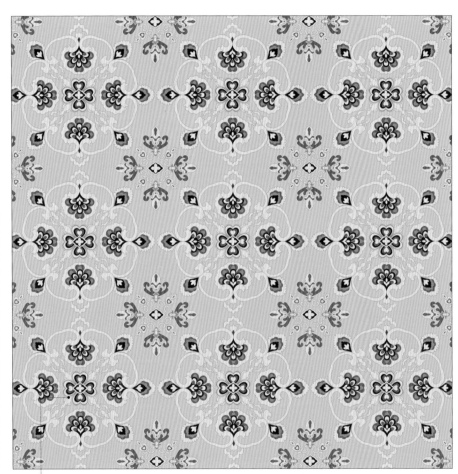

花蕊为琥珀色和深褐，花茎颜色为浅橙，花的藤蔓向外伸展，连接六个小花蕾。

● 20-85-90-0	202-71-41	◐ 0-15-25-0	252-226-196
● 0-30-50-0	249-195-133	● 0-25-65-0	251-203-103
◐ 0-15-35-0	253-225-176	● 15-55-75-0	217-136-71
● 55-20-60-25	106-141-101	● 20-85-90-0	202-71-41
		● 55-75-100-35	104-61-26
		● 75-85-90-70	37-16-9

颜酡

《玉篇·酉部》曰："酡，饮酒朱颜貌。"宋玉《招魂》也有"美人既醉，朱颜酡些"的描述，因此"酡"本义为饮酒后脸红的样子，颜酡指饮酒后脸上出现红晕的状态，后也用以指粉红色的一种，也有人把它叫作杨妃色。因杨贵妃面容净白，醉酒后透出淡淡红色，后来颜酡就用来形容美人醉酒后脸颊浮现的微红。

颜酡常用于形容美人微醺、一抹红霞飞上脸颊的神态，例如唐代杨衡以"玉缨翠佩杂轻罗，香汗微渍朱颜酡"形象地塑造了娇媚的美人。在唐代颜酡还用来形容花的颜色，例如唐朝元稹的"酡颜醉后泣，小女妆成坐"就是描写红色的芍药朵朵并立、随风颤抖的姿态。"酡颜"两字将花拟人化，芍药如醉倒的美人，又像刚化好妆端坐镜前的小姑娘。因此，在唐代诗人眼中颜酡是女性美的象征。

5-65-50-0　230-120-106　#e6786a

出自唐代女性妆容

相关色

合欢红，是合欢花尖端的颜色，呈浅粉，十分温柔，但却淡而不寡，自带一种轻盈的视觉效果。

合欢红

0-50-25-0
242-156-159
#f29c9f

胭脂红为较深的红色，取自一种名叫『红蓝』的花朵中的红色色素，给人娇贵艳丽的感觉。在唐代，其常见于女子妆容中。

胭脂红

0-100-60-10
215-0-63
#d7003f

妃色即妃红、粉红，在汉代就已经出现，备受女子喜爱，主要用于女子的服色，具有娇嫩妩媚的美感。

妃色

0-60-20-0
238-134-154
#ee869a

配色方案

①	5-65-50-0 230-120-106 #e6786a
②	0-50-25-0 242-156-159 #f29c9f
③	0-100-60-10 215-0-63 #d7003f
④	0-60-20-0 238-134-154 #ee869a
⑤	55-65-0-0 133-100-169 #8564a9
⑥	5-30-0-20 206-171-191 #ceabbf
⑦	25-25-0-15 179-173-201 #b3adc9
⑧	0-17-5-0 251-225-229 #fbe1e5

贰色 ❶❽ 叁色 ❶❼❽ 伍色 ❶❹❺❻❽

❷❺ ❷❺❼ ❶❷❺❼❽

❹❺ ❷❸❺ ❶❷❸❺❽

稚朱颜只

▲ 图 2-5 唐 佚名 《弈棋仕女图》局部
新疆维吾尔自治区博物馆藏 临摹

颜酡在一开始指的是醉酒后的脸颊颜色，后来也指涂抹在双颊的红色脂粉。古代女子在敷粉后注注还要施朱，即在脸颊上涂抹红色粉质或者油脂类的妆品，使得面部红润有气霞，这样的红妆在唐代广为流行。唐代的红妆因涂抹脂粉方法的不同，分为浓重和淡雅两种妆式。相关文献记载，浅而艳者有桃花妆，淡雅者妆式较为柔美，如飞霞妆等；红粉厚重的叫作酒晕妆（以红蓝花汁凝成酡颜色的脂，在面部厚涂，再将其从中间向外晕染开来，几乎画满整个面颊，面颊呈现如醉酒后的红晕）。

酒晕妆是红妆中较为浓艳醒目的一种，在唐代被年纪较小且面部较饱满的女性所喜爱。在唐代雕塑和绘画等文化遗产中，可以看到许多化酒晕妆的唐代女性的形象。新疆阿斯塔那墓出土了《弈棋仕女图》（图2-5），墓主张氏是武则天时期安西都护府的官员，曾被授予上柱国的称号。此画原本是木框联屏，工笔重彩，但出土时已破碎，几经修复，画中大体完整的十一位女子和孩童的形象终于重现。

图2-5所示的正在下棋的仕女为唐朝典型的贵妇，梳着高耸的发髻，脸庞丰润，敷着颜酡的脂粉。其面颊红润，颊上脂粉如酒后的红晕，只留额头、鼻梁等处不施重彩。同时其面妆也突出了眉形，眉身宽且长，眉头紧靠，这样的阔眉与她丰润的面庞、酡红的双颊相配，较为协调。整幅图画面生动活泼，色调凝重，反映出盛唐时期以丰腴、浓艳为美的风尚。

唐代妆容

一、敷铅粉　　　二、抹胭脂　　　三、画黛眉　　　四、贴花钿

五、贴面靥　　　六、描斜红　　　七、点唇脂

▲ 图2-6 唐代上妆步骤

唐代妆容艳丽华贵，面施颜酡的酒晕妆只是唐代女性面妆中的其中一种，不同时期时兴的妆容是不同的，而且眉式、脂粉、唇式等皆有不同。如初唐和盛唐流行前文所说的红妆，其中檀晕妆主要在额头、鼻梁、下颌用白粉，而脸颊与眼眶都轻染淡檀红晕。唐宪宗元和四年（809年），白居易诗中描绘的"元和时世妆"为赭面妆，即用赭石粉来染面，色彩不浓不淡，自然纯美。

唐代女子的妆容十分丰富，每个妆容的上妆步骤十分精细，大致分为七步（图2-6），分别是敷铅粉、抹胭脂、画黛眉、贴花钿、贴面靥、描斜红、点唇脂。首先是敷粉与抹胭脂。香粉有两种，其一是加香料的米粉，其二是铅粉。胭脂是用红蓝花制成的植物妆品，唐代女性盛行红妆，两颊颜酡胭脂浓厚，脸赛桃花，卸妆时可达到"泼红泥"的效果。其次是画黛眉，唐代女子眉式多样，唐玄宗幸蜀途中还命人画《十眉图》，记录流行的眉式，如"远山眉""倒晕眉"等，中晚唐时期流行八字眉，五代王处直墓壁画中仕女的眉式多数也是八字眉，其形若蹙。然后是贴花钿，金箔、鱼鳃骨、螺钿片、云母片等各种材料都可制作花钿，可以裁剪成各种花卉、鸟、鱼等不同的纹样贴在额头上，花钿也可用颜酡胭脂在额上晕染画成。最后贴面靥、描斜红、点唇脂，使整体的妆容趋于精致，唐代有敷白粉后增加"花靥碎妆"的习俗。

瑞锦纹

常言道"瑞雪兆丰年",雪花含有吉祥之意,被称为瑞花。以雪花的自然形态为基础形成的装饰纹样就是瑞花纹,纹样呈放射状,结构多为"十""米"字形两种,又称"雪花纹""瑞锦纹"。瑞锦纹在唐代非常流行,其由中心点直接向四方放射,外围不做分层处理,具有既富丽又清新的艺术风格,多用于唐代的织锦。图中的瑞锦纹以颜酡为底色,搭配黄、蓝、绿色,构图严谨。

纹样绘制参考:唐代瑞锦纹锦(纹样色彩有改动)

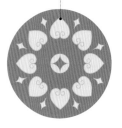

由雪花改动而来的淡黄八瓣小团花,与颜酡底色搭配,整体娇嫩可爱。

如意纹中间的蓝色四瓣小花,呈散点排布,花形较小,结构简洁。

团花纹

团花纹是指轮廓为圆形的装饰纹样。唐代团花纹整体风格大气雄浑，纹样偏简约抽象，团花结构明朗，强调对称性，常见于唐代日用器具、纺织品和工艺品上。图中纹样取自唐代鎏金团花纹银盒，以浅橙为地，轮廓为唐代流行的六瓣葵花形，纹样中间为八瓣团花，外面分布有六朵连枝团花，色若颜酡，丰满而富丽，同时具有生命力，很好地体现了盛唐风采。

纹样绘制参考：唐代鎏金团花纹银盒（纹样色彩有改动）

六瓣团花呈中心对称状，颜色以颜酡为主，搭配黄色和蓝绿色，整体清新美丽。

0-25-75-0	251-202-77	5-65-50-0	230-120-106
5-65-50-0	230-120-106	5-15-30-0	243-222-185
0-10-30-0	254-235-190	0-45-35-0	243-166-148
65-20-75-0	99-160-95	0-30-75-0	249-193-75
75-65-0-15	75-82-152	45-10-40-0	153-194-166

柘黄

柘黄又称杏黄、赤黄，色泽略深、黄中带赤，近似日头之色，是略带红色的暖黄色。柘黄取自柘木，以柘木汁为染料染制的衣服古称柘黄衫或柘黄袍。据说如此染成的织物，在月光下会呈现浅红的黄色，在烛光下则变为赭红，色泽炫目，但平时看起来则平淡简朴，因此深受大唐皇帝喜爱。

柘黄在唐代主要用于服饰上。用于制作柘黄的柘树是生长周期较长的树种，其树干为黄色，质地坚硬细腻，是十大珍贵名木之一。因此柘黄袍在一定程度上是身份地位的象征。王建有诗言"日色柘袍相似，不著红鸾扇遮""闲著五门遥北望，柘黄新帕御床高"，讲的就是柘黄的袍子与宫廷所用巾帕，其用服色说明了身份的非同一般。后世也将"柘袍"用来指代帝王。

0-35-90-0 248-182-22 #f8b616

出自唐代女性妆容

相关色 →

乌金源自乌金木，呈暗淡的黄褐，也指金属氧化后的颜色。

乌金

25-35-80-0
202-168-70
#caa846

栌染是黄色植物染料，象征高贵，为皇帝的专用色，所以《齐民要术》中也将这种黄色称为御黄。

栌染

15-45-90-0
219-155-38
#db9b26

柚黄是成熟后柚子皮的颜色，比一般的黄色饱和度高，色泽浓郁。

柚黄

10-25-85-0
234-194-50
#eac232

配色方案 →

| | | 贰色 | 叁色 | 伍色 |

1	0-35-90-0 248-182-22 #f8b616
2	25-35-80-0 202-168-70 #caa846
3	15-45-90-0 219-155-38 #db9b26
4	10-25-85-0 234-194-50 #eac232
5	0-85-100-40 166-47-0 #a62f00
6	40-40-90-0 171-149-53 #ab9535
7	0-5-60-0 255-238-125 #ffee7d
8	0-5-20-0 255-245-215 #fff5d7

❶ 7　　❶❻ 7　　❶❺❻ 7 8

❹ 6　　❹❻ 8　　❹❺❻ 7 8

❸❺　　❹❺ 7　　❶❷❺❻ 8

帝王专属

由隋入唐，服装制度逐步订立，以颜色分辨百官品级，并把色如艳阳的柘黄上升为天子之色。据《唐六典》，"隋文帝着柘黄袍，巾带听朝"，当时还不禁止老百姓穿黄色。唐沿袭隋制，天子用柘黄袍及衫，唐高祖李渊穿柘黄袍、戴黄巾作为常服，至此禁止臣民穿柘黄袍。唐高宗时为了避免黄色与柘黄混同，干脆禁止臣民穿黄色。黄色至此成为帝王的专用服色。此后，帝王服柘黄的传统被一直沿袭，宋太祖赵匡胤"黄袍加身"事件中的黄袍，就是指柘黄袍。

唐代皇帝立像

▲ 图 2-7 唐代 《唐太宗立像》局部 台北故宫博物院藏

自柘黄被定为帝王专用服色后，唐代皇帝的常服就为柘黄圆领袍衫，特点是圆领口，袍长至踝，领口、袖口处不加任何边饰，腰部用革带紧束，头戴幞头，脚穿黑色长靴，有潇洒、干练的风格。

图2-7的《唐太宗立像》中，唐太宗头戴黑色幞头，身穿柘黄地青龙彩云六团纹圆领窄袖右衽袍，上有五爪青龙，细碎的彩色云纹围绕青龙形成团花，腰系红鞓玉銙带，脚穿长勒靴，柘黄常服内隐约露出深红色领口，气质华贵，一派天家威严。王健《三台》词曰："日色柘袍相似。"意思是说太阳的颜色跟皇帝穿的皇袍颜色差不多。画像中唐太宗所穿柘黄地袍服如有霞光万道，上绣龙纹，正如龙飞晴空之上，暗示君主的刚健有为。

唐代人物绘画

▲　图 2-8　唐代　阎立本《步辇图》局部　北京故宫博物院藏

在其他的图像资料中，我们也可以看到着柘黄袍的唐太宗形象。图2-8为阎立本所作《步辇图》，描绘了贞观十五年（641年）唐太宗李世民接见来迎娶文成公主的吐蕃使者禄东赞的画面，这一画面充分展现了盛世唐朝一代明君的风范，也表现了汉藏两族的亲密无间。在图卷的右半部分，众多宫女或执扇或抬辇，簇拥着乘辇的唐太宗，他正在接受趋拜——红衣虬髯者为宫中的礼宾官员。唐太宗身着柘黄圆领袍衫，体形壮硕，目光深邃，显得端肃平和、和蔼可亲。

唐太宗常服上的这种柘黄主要用柘木加上明矾高温煮沸制作，并且柘木的黄色色素含有一定的杂质，因此染出的黄色相对偏红，呈现雅致沉着之感。除柘木外，木质部呈黄色的黄栌也被用来染制帝王黄袍，所制颜色与柘木染制而成的柘黄几乎一样。另外，唐朝皇帝对于柘黄的专用也影响到了日本等周边国家的服饰文化，根据《延喜式》的记载，日本天皇即位仪式中所穿的色彩就是黄栌制作而成的黄栌染，极有可能源自唐朝皇帝的专用色。

联珠对龙纹

联珠纹又称毯路纹，是由波斯萨珊王朝的织锦传入中国的，在唐代广泛运用于丝织品、装饰品中。在唐代，联珠纹常与中国传统元素相结合，例如将龙凤与联珠圈相结合。下图所示纹样取自唐代联珠对龙纹绮，此纹样将柘黄的双龙作为联珠圈内主题，结构上采用左右对称式，在双龙之间还有一组对称的花草纹样，从外观看，双层结构让人感觉厚重、饱满。

纹样绘制参考：唐代联珠对龙纹绮（纹样色彩有改动）

龙头朝下，龙眼聚神视下，两条似蛇的龙尾在上，形态灵活矫健。

中心的小团花呈旋转形态，活泼快乐。

团窠龙纹

"窠"本意为昆虫鸟兽巢穴，从纹样角度，指图案上的花纹聚集靠拢。团窠纹常以宝相花为团花，在初唐和盛唐的金银器上常见到这类团窠纹。除了宝相花出现在团窠纹中，团龙也常用于团窠纹。团龙纹是指将龙的形态处理为圆形的图案，使龙的装饰艺术得到进一步的升华。团龙纹和团窠纹的组合形成了团窠龙纹，下图中团窠龙纹的基本形态为在圆形团窠中添加单独的团龙图案。

纹样绘制参考：唐代敦煌团窠龙纹藻井（纹样色彩有改动）

龙身颜色为柘黄，有神兽之威，龙角分叉，接近鹿角形状。龙颈、腹、尾衔接流畅协调，龙体修长。

0-20-75-0	253-211-78	
5-36-89-0	240-177-33	
60-30-100-10	120-150-46	

0-0-25-0	255-252-209	
0-10-40-0	255-233-169	
40-5-20-0	163-209-208	
0-35-90-0	248-182-22	
45-75-80-10	149-81-59	

金色

金色出自黄金，具有金属光泽，呈微微泛红的暖黄色，富贵华丽，自古以来象征着财富、权势与辉煌。上古传说中将炙热、橙黄的太阳称为金乌。

灿烂辉煌的金色与大唐盛世的气质十分相符，从金佛、金箔到金粉、金线，金色在唐朝的应用可谓无处不在。例如，唐代敦煌壁画上金光闪闪、璀璨夺目的金色就是金粉制成的。金色也是金碧山水画中炎用的颜色，其中的人物花鸟用金色勾勒，耀眼醒目。除器物及装饰品外，唐人也喜爱将金色织物穿在身上，但其工艺较为复杂，需将金予打造成极为纤薄的金箔，再切割成极细的条状——片金线，以丝织物作为芯缠绕而成，制作出捻金线与其他颜色混合织成织锦。这也是唐人诗中所提到的"金缕衣"所使用的布料。阿斯塔那唐墓中也出土过织有金色蒂形小团花的晕间提花锦。

0-30-75-0　249-193-75　#f9c14b

出自唐代金银器

相关色

虎皮黄

10-35-80-0
231-177-64
#e7b140

虎皮黄指的是虎皮黄石材的颜色。该石材因颜色像虎皮而得名，属于花岗岩的一种，常见于石雕、石制家具、石板路等。

栀子

5-20-75-0
244-207-79
#f4cf4f

栀子是栀子果实的黄色汁液直接浸染织物所得到的颜色，呈暖黄色，是我国最早使用的天然染色剂之一。

米黄

5-10-35-0
245-230-180
#f5e6b4

米黄指的是大米的颜色，白中微黄。其在古代常用于服饰和瓷器上，如哥窑米黄釉器皿，具有酥油光亮的色彩。

配色方案

1	0-30-75-0 249-193-75 #f9c14b
2	5-10-35-0 245-230-180 #f5e6b4
3	5-20-75-0 244-207-79 #f4cf4f
4	10-35-80-0 231-177-64 #e7b140
5	15-60-60-0 215-127-94 #d77f5e
6	10-15-55-0 235-215-132 #ebd784
7	30-75-80-0 187-91-59 #bb5b3b
8	30-65-85-0 188-110-55 #bc6e37

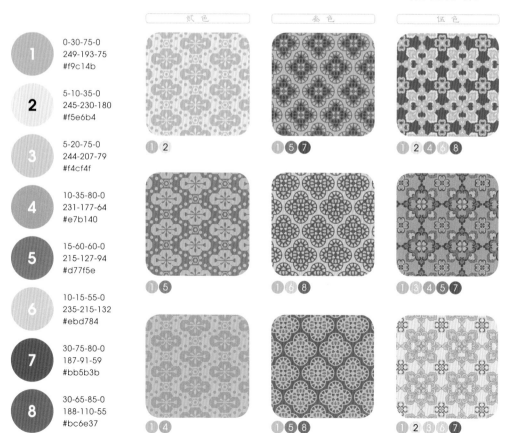

贰色　叁色　伍色

❶❷　❶❺❼　❶❷❹❻❽

❶❺　❶❻❽　❶❸❹❺❼

❶❹　❶❺❽　❶❷❸❻❼

金彰华彩

唐代是中国历史上使用
金器最广泛的朝代之一，
从宫廷所用的碗、杯、
箸、勺，到钗、笄、簪、
臂钏、香囊等配饰，再到
佛家所用的锡杖、香炉，
都有用黄金打造的器物。
从唐代大量出土的金器
可以看出唐人对金色的
迷恋。这样的迷恋也体
现在唐代的民间传说中，
如《太平广记》就记载
有百姓争捡黄金的故事，
侧面反映出黄金在百姓
心中的珍贵，也能看出唐
人对财富的追求与向注。

唐代金银平脱镜

▲ 图2-9 唐代 四鸾衔绶纹金银平脱镜 陕西历史博物馆藏

在唐代，金色的黄金常用于装饰点缀，特别是用来装点铜镜一类的
深色器具，颜色搭配起来别具韵味。唐代的铜镜铸造工艺中有一种
特殊的技法叫作金银平脱，因金银延展性优良，可将金银捶打成极
薄的箔，再剪出各种人物、鸟兽、花草图案，用漆粘在素面镜背
上，经过反复鞣漆和研磨，使得金银片纹露出，金色银光闪耀。金
银平脱镜精致华贵，是唐代皇室贵族重要的装饰品和馈赠品。

图2-9为唐代的四鸾衔绶纹金银平脱镜。其主体纹饰用金片打造而
成，是四只展翅起舞的鸾鸟，传说这种鸾鸟能给人带来幸福。鸾鸟
口衔绶带，寓意幸福长寿。镜钮四周以金丝同心结环绕，镜钮外有
一圈花叶形装饰，细腻华美，可见唐代细金工艺的发展水平之高。
从色彩上看，外圈鸾鸟的金色在素胎黑地的映衬下显得华丽夺目，
如同破开沉寂暗夜中的光芒，熠熠生辉。

唐代金银器

▲ 图 2-10　唐代　葡萄花鸟纹银香囊　陕西历史博物馆藏

在唐代，金色的黄金除了用于装饰点缀，还用于制作器具，尽显奢华。长安设有官办的"金银作坊院"和"文思院"，专门为宫廷打造金银器具；民间金银器具的制作水平也上升到一定高度，足以与宫廷器具媲美。唐代的金银细工技巧达到炉火纯青的境界，很多金银器在制作过程中可以综合用到浇铸、焊接、切削、捶打、抛光等不同的技术，精细且复杂，这也反映了唐代工艺的进步。例如唐代的金花银盘就是金银搭配，在银盘上运用鎏金工艺，银盘上的狮子健壮威武，金光四射。这样的作品还有舞马衔杯仿皮囊式银壶、盗金银质龟负酒筹筒等。

唐代金银器中较为精巧的是金银制成的球形香囊。图2-10为唐代葡萄花鸟纹银香囊，整个香囊分为内外两部分，外部用白银镂刻出上下两个半球，透雕镂空花纹便于扩香，内部机环承托着金色香盂，运用了支点悬挂法原理，使香盂始终能在摇动中保持平衡，结构独特。从纹样上看，香囊上雕刻的葡萄枝叶繁茂、硕果累累，寓意着五谷丰登，花鸟与葡萄相结合，具有吉祥的含义。从颜色上看，银色低调精致，优雅又克制，金色尊贵吉祥，金银色相互交错尤为和谐，彰显了大唐的繁华，让原本就造型优美的香囊显得十分精致。

莲花平棋纹

平棋即天花板，平棋图案是绘于洞窟平顶的图案，一般以多个重复连续的形式出现。莲花平棋纹是花草平棋纹中的一种。每个朝代的莲花纹都有属于自己时代的特色，唐朝的莲花纹简洁大方，且莲花纹作为装饰图案，在石刻、陶瓷、铜镜、服饰、彩绘和壁画等领域随处可见。下图莲花平棋纹是中唐时期的作品，整体颜色以金色和青绿为主，给人秀丽活泼的感觉。

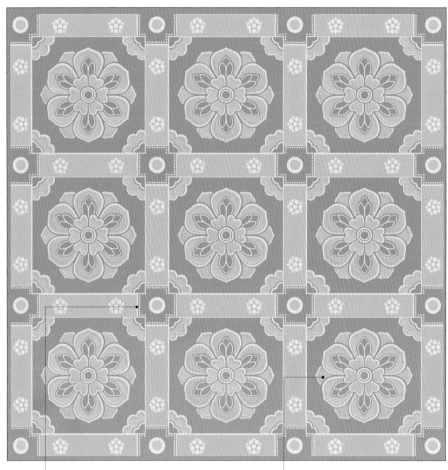

纹样绘制参考：唐代敦煌莫高窟第197窟莲花平棋纹（纹样色彩有改动）

用对比色金色与青绿相搭配，营造出活泼的感觉，再搭配灰色花边，为整体增添稳定感。

用高饱和度的金色点缀花瓣，使花纹色调具有轻快感。浅青穿插在花朵中间，使整体更和谐。

花树纹

唐朝时期，花树纹种类繁多，常见于织锦之上，常见的有花树纹、花树动物纹两种。现藏于苏州丝绸博物馆的绿地花树纹锦残片上的纹样就以花树纹为主要元素，唐花树对鹿纹锦上则为花树动物纹。下图纹样取自唐代花树纹锦，该纹样由联珠纹演变而来，整体给人以庄重稳定之感。纹样整体以金色为地，浅黄和绿色搭配，体现生命恒久、永不枯萎，并寓意吉祥、长寿。

纹样绘制参考：唐代花树纹锦（纹样色彩有改动）

整个图案的框架类似于建筑的拱顶结构，上面是半圆形的拱梁，下面是直柱，内饰花树纹。

7-9-10-0	240-234-228		
11-20-38-2	229-206-163	1-9-24-0	253-237-203
0-30-75-0	249-193-75	0-30-75-0	249-193-75
39-0-27-0	166-215-199	73-26-83-0	74-146-82
70-10-40-0	61-171-164		

额黄

额黄，也称"鹅黄""鸦黄""贴黄"等，因以黄色颜料染画于额间而得名。因汉魏盛行佛教，人们从涂金的佛像上受到启发，将自己的额头涂染成黄色，于是一种新的妆容形成。据古籍记载，直至辽宋时期，居住在北方地区的少数民族妇女，仍然喜欢将额部涂成黄色，取名为"佛妆"。

唐朝妇女喜爱在额间涂染黄色，作为点缀装饰，称为黄妆。因黄色颜料厚积在额间，状如小山，故称"额山"。李商隐《蝶三首》中的"寿阳公主嫁时妆，八字宫眉捧额黄"及温庭筠《菩萨蛮》中的"蕊黄无限当山额，宿妆隐笑纱窗隔"，均指此类妆容。在陕西西安郭家滩的一座唐墓中，出土了一个精致的铜盒，盒内装有黄色粉末，为化妆所用，这便是额黄的实物。除了形容女性妆容，额黄后来也常见于唐宋的咏物诗词中，诗人将花蕊比作仙子额上涂抹的黄粉，极言其柔美清丽。

0-10-80-0　255-227-63　#ffe33f

出自唐代女性妆容

相关色

檗黄是植物染料色，在古代可以用来染丝和染纸，南北朝鲍照写的『剡檗染黄丝』体现了当时檗黄染丝的流行。

檗黄

15-10-85-0
227-215-53
#e3d735

象牙黄是淡黄带一点点灰的颜色。在古代有一种瓷器的釉色就是象牙黄，这种瓷器釉面雅淡光洁。

象牙黄

15-15-55-0
225-211-132
#e1d384

樱草又名藏报春，是一种报春花科植物。樱草是指樱草花蕊的黄色，象征着活力与生机。

樱草

配色方案

| | | 贰色 | 叁色 | 伍色 |

1　0-10-80-0　255-227-63　#ffe33f

2　15-10-85-0　227-215-53　#e3d735

3　15-15-55-0　225-211-132　#e1d384

4　10-0-70-0　239-236-100　#efec64

5　35-60-75-0　179-118-73　#b37649

6　50-35-75-0　146-151-87　#929757

7　0-0-20-10　240-236-205　#f0eccd

8　5-0-15-15　222-225-206　#dee1ce

金霞满额

在画幅的右上角有一只展翅高飞的鸟，其使整个画面显得生动活泼。

额间以额黄铺底，再用红色描出雉形花钿。

红裙曳地，显得人物婀娜多姿。

▲ 图 2-11 唐代 佚名 《舞乐屏风图》局部 新疆维吾尔自治区博物馆藏 临摹

据文献记载，额黄主要有染画和粘贴两种形式。染画就是用毛笔蘸黄色颜料涂画在额头，又分为全涂和半涂。如裴虔余《咏篸水溅妓衣》中的"满额鹅黄金缕衣"。全涂就是额头全涂颜料；半涂就是在额头一半涂颜料，或上或下，然后以清水晕染，黄色由深渐浅过渡，弱化额黄妆感而突出面部和眉形。粘贴方便简易，即将黄色材料裁剪制成薄片状饰物粘贴在额上。薄片形状可以剪成星、月、花、鸟等形，这类饰物又称"花黄"。"翡翠帖花黄"指的就是这种饰物。额黄明艳，红粉娇盖，美人粉腮黄额，蛾眉蝉首，妆面细致又有自然意趣。

从唐代仕女画中频繁出现的黄妆可以看出唐代女子对黄妆的喜爱程度。在画师笔下，女性的面容用淡赭石和朱磦渲染，细润中又带着一抹微黄，画出了王涯所说的"官样轻轻淡淡黄"的妆面，反映唐代崇尚充满大胆和热情的健康美。唐高宗乾陵的陪葬墓（永泰公主墓、懿德太子墓、章怀太子墓）都有不少涂抹额黄的仕女形象的壁画和线刻画。

图2-11为吐鲁番阿斯塔那古墓群出土的舞伎图，图本绘于屏风，图中所绘舞伎发挽高髻，凤目曲眉，两颊丰腴，额间以额黄铺底，淡淡的黄色时隐时现，再用红色描出雉形花钿。舞伎身穿锦袖罗裳，外着白底蓝黄卷草纹襦衣，上系饰带，手做拈夹状。总体上看，舞伎面容温和，身躯颀长，穿着华贵，线条凝练、沉着，设色浓艳，充分反映了初唐仕女画富丽典雅的独特风格。

唐代花钿

女子形态端庄丰腴，面部圆润，发髻上簪有五朵梅花饰品，额头花钿为三叶形，呈蓝绿，给人优美从容的感觉。

▲ 图2-12 唐代 张萱 《捣练图》局部 宋徽宗摹本 美国波士顿博物馆藏

古文献中没有明确记载额黄的材料是何物，但从唐代王涯《宫词三十首》中的"内里松香满殿闻，四行阶下暖氤氲。春深欲取黄金粉，绕树宫娥著绛裙。"以及温庭筠的"扑蕊添黄子"等诗句来看，黄粉应该是松树的花粉或者用栀子等植物研磨而来的，至于粘贴而成的额黄多是用黄色硬纸或金箔剪制而成的。唐代女子在额间涂上额黄以后，通常还会在额黄上贴花钿。花钿有两种：一种专用于簪首，属于头饰；另一种则用于额上，属于面饰。用于额上的花钿，又叫作"花子"或"面花"。

图2-12为唐代《捣练图》，图中描绘了盛唐时期女子捣练缝衣的工作场面。从图中女子的妆容可以看出唐代花钿的流行和形制的多样，简单的花钿形状为水滴形，较为复杂的为三叶形，除此之外还有梅花形（该妆容被称为"落梅妆"和"梅额"）。唐代花钿可以彩色光纸、云母片、丝绸、螺细壳、金箔等为原料，制成圆形、三叶形、雀羽斑形、菱形、双叉形、梅花形、鸟形、桃形等形状，十分精美。其中，翠钿十分精致，它以翠鸟羽毛制成，整个饰物呈青绿，清新别致，极富谐趣。"脸上金霞细，眉间翠钿深"（温庭筠《南歌子·脸上金霞细》）、"翠钿金缕镇眉心"（张泌《浣溪沙》）等都是指这种饰物。花钿装饰在额上，色彩斑斓，显得女子极为娇艳。

联珠鸾凤纹

唐代的凤鸟纹常以成对的方式出现，被称为"鸾凤"，盛行于中唐时期，是华贵、太平的象征，常应用于丝绸、织锦等织物之上。除此之外，该纹样在日常器物之上也常有出现，如铜镜、金钗、花冠等。下图纹样以红褐为地，中央饰有联珠纹，联珠纹内有两只相对的立凤，双足踏地，展翅姿态呈现强烈的动感；外环上排列四串联珠，五个一串，中间由四个回字形方块间隔，联珠纹之间有橙色花叶纹。

纹样绘制参考：唐代联珠鸾凤纹锦（纹样色彩有改动）

联珠纹之间的辅花为十字形花叶纹。花叶纹以红褐为地，搭配邻近色橙色，整体和谐统一。

联珠纹里以额黄为地，立凤身形矫健，S形曲线明显。立凤身子用线条来装饰，与联珠形成点线面的对比，具有强烈的形式美感。

联珠菊花纹

唐朝的菊花作为装饰纹样常出现于发饰、织物和器具上。在青瓷图案中，菊花纹花形近似椭圆形，多为卷曲的长花瓣团花形式。另外织品实物有在敦煌莫高窟经洞发现的一幅夹缬菊花纹绢幡，幡面和幡带为蓝地夹缬棕、黄色缠枝菊花纹。图中的联珠菊花纹中，额黄的圆形菊花搭配深蓝与浅蓝，成为纹样的中心图案，缤纷灿烂，寓意长久和长寿。四个菊花纹的中间有卷草纹，形成四方连续排列，饱满繁复，简洁工整。

纹样绘制参考：唐代联珠菊花纹锦（纹样色彩有改动）

花蕊呈辐射状且色彩略有晕散，额黄与深蓝对比强烈，纹样整体繁而不乱，雅致、端庄。

5-5-25-0	246-240-204	
0-10-80-0	255-227-63	
5-40-90-0	238-170-30	
25-75-90-0	196-92-43	
45-90-100-10	149-54-36	

0-10-80-0	255-227-63	
47-2-40-0	145-203-171	
81-61-63-18	57-86-85	
83-76-53-18	60-66-88	

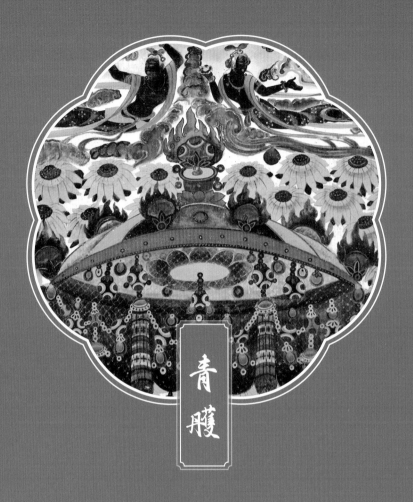

青膌

青膌是石青和石绿的统称，石青呈青色，石绿呈绿色，青膌呈青绿。《山海经·南山经》记载："青丘之山……其阴多青膌。"这说明青膌是重要的颜料矿产，《周礼·秋官·职金》还记载有专门管理青膌等矿产的官员："职金，掌凡金、玉、锡、石、丹、青之戒令。"

青膌即丹青中的"青"，三国时魏人张揖在《广雅》中提到"丹，丹砂也。青，青膌也"，丹是丹栗（朱砂），青是青膌（石青和石绿），这是"丹青"一词第一次被明确定义为"丹砂"和"青膌"两种矿物颜料（都具有不易褪色的特点），后世常说的"丹青"就出自此，也用来指代绘画作品。在唐代，青色被赋予了庄重、坚韧等象征意义，青膌也常用在带有宗教意味的人物肖像画上。例如在敦煌莫高窟第322窟壁画中的日光菩萨、月光菩萨，皆佩戴中央缀有青膌所绘蓝绿宝石的卷草纹项圈式短璎珞。第320窟西龛外南侧中的观世音菩萨也戴有青膌的宝珠。

80-40-60-0　49-126-112　#317e70

出自唐代青绿山水画

相关色 ●

水
绿

水绿呈淡绿，稚嫩而柔和，犹如不小心滴入清水中晕开的淡青的颜色。

松
花
绿

35-0-66-0
181-214-116
#b5d673

松花绿，指松花葶近松果边缘的颜色。其在古代深受女子青睐，是常用的服饰色。

碧
绿

65-0-55-0
83-185-141
#53b98d

碧绿指晶莹通透的青绿，亦指绿色的柳条。唐代张碧的『千条碧绿轻拖水』中的碧绿就是柳条。

配色方案 ●

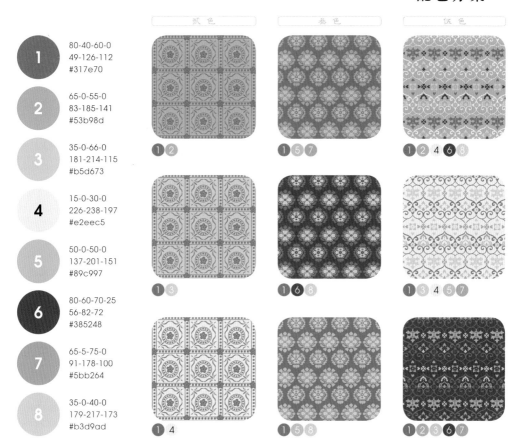

	贰 色	叁 色	伍 色
1 80-40-60-0 49-126-112 #317e70	❶❷	❶❺❼	❶❷❹❻❽
2 65-0-55-0 83-185-141 #53b98d			
3 35-0-66-0 181-214-115 #b5d673			
4 15-0-30-0 226-238-197 #e2eec5	❶❸	❶❻❽	❶❸❹❺❼
5 50-0-50-0 137-201-151 #89c997			
6 80-60-70-25 56-82-72 #385248	❶❹	❶❺❽	❶❷❸❻❼
7 65-5-75-0 91-178-100 #5bb264			
8 35-0-40-0 179-217-173 #b3d9ad			

生趣盎然

唐代青绿山水画

到了唐朝，山水画出现了青绿、水墨等基本表现形式。隋朝展子虔画山水，为了突出青山绿水的秀媚明丽，注注在色彩上以青腴作为基调，开了青绿山水画的先河。唐代的山水画继承于此，设色以青腴为主，风格十分清丽，使淂山色、水色传达出蓬勃的生命力。另外唐代的石窟壁画中的山水景物气魄宏伟，意境清新悠远，也反映了唐代青绿山水画的水平之高。

唐代是青绿山水画繁荣发展的时期，其中技艺出众的，又当数"二李"——李思训和李昭道父子的作品。二人在绘画设色技巧上进一步发展了青绿山水画，如李思训作画时用泥金勾线，以青腴为质、金碧为纹，独出心裁。另外，李思训还大量运用青腴勾填技法，即用勾皴画出山石树林，使整个画面填满以青腴为主的浓重色彩，营造"远近山水，咫尺千里"的画面层次感，将青绿山水的发展推向了一个高潮。

李思训的山水画题材多为山野幽居，图2-13即为李思训的青绿山水画名作《京畿瑞雪图》，在宋代宣和年间被定为画中上品，可见其艺术价值之高。这幅画主要记录了唐朝长安的雪景，其用青腴点缀崇山峻岭和房檐栏杆等，山石房屋上覆盖皑皑白雪，或有松柏挺立，尽显山之高峻。画面中青腴与红色形成鲜明对比，使整幅画面层次鲜明，意境隽永，富有韵味。

唐代青绿山水画

▲　图2-14　唐代　李昭道　《明皇幸蜀图》　台北故宫博物院藏

李昭道受其父李思训作画影响，也有用大量青腹着色的习惯。李昭道所画《明皇幸蜀图》（图2-14）就是其代表作之一，整幅画作中白云萦绕，树木青绿葱翠，是唐代青绿山水画的重要作品。与李思训不同的是，李昭道此画虽属青绿山水画，用细劲线条勾勒山川木石，用青腹与赭石填染，染色浓厚，对山水的描绘占据画幅的大部分空间；但主体元素还是鞍马人物，画面和谐，各个元素刻画精致细腻。

此画整体构图严整周密而又起伏错落，人物与马匹刻画笔法精细，形象生动。从右往左看画面，在重峦叠嶂、树影掩映下，右侧山间有一队骑旅穿出，队伍蜿蜒而下，领队之人身着朱红袍衫，在大片青腹中尤为显眼，其正要骑马过桥进入岸边林间空地，画面红绿色彩对比强烈，主要人物突出。画面左方也绘有行旅人物，其正绕着栈道向上走，与右侧下行的队伍相呼应，画面中间部分虽不见一人，却达到了有无穷意境的效果。从设色上看，色彩绚丽而沉着，用青腹渲染的山峰植被隐隐约约，又阴面加蓝，阳面涂金，点缀的暖色恰到好处，用冷暖色调表现光影的分布，构建出金碧辉映之景，展现出唐玄宗西幸时所见蜀中地势之奇绝；而青腹山峰中又有枝叶透红，点醒画面，静谧中充满动势，将山的巍峨险峻与植被的蓬勃生机表现得淋漓尽致。

瑞花鸳鸯纹

唐朝的织物中常大量出现鸳鸯纹，因鸳鸯为恩爱的鸟儿，人们将其视为美好爱情的象征，寄托夫妻和睦、白头到老的美好祝愿。为使画面丰富，鸳鸯纹与莲花纹或牡丹纹、宝相花纹组合，形成鸳鸯戏莲、鸳鸯牡丹等有美好寓意的图案，有时鸳鸯纹也作为团花的核心图案。团花纹一般会与其他纹样搭配，如团花鸳鸯纹、团花飞鸟纹，四周衬以缠枝卷草纹，有花团锦簇之感。图中瑞花鸳鸯纹以青腰为地，铺设对称的鸳鸯纹，外围为祥瑞花草形的团花，其艺术风格丰满奔放，圆润华贵。

纹样绘制参考：唐代瑞花鸳鸯纹锦（纹样色彩有改动）

杏黄色十字形瑞花纹呈对称分布，繁复精美，搭配青腰底色，生趣盎然。

浅绿的鸳鸯纹与浅黄瑞花纹组合，既寓意成双成对，又表示着一种夫妻和睦、永结同心和多子多福的美好愿望。

牡丹树对羊纹

唐代丝织纹样设计大师窦师伦创造出诸多对鸟纹与对羊纹，其在中轴线的两侧安排动物、花草，使之呈镜面对称，并在中轴线上将山树纹、莲荷纹作为装饰。对称形动物有对鹦鹉、对鸾凤以及对天马、对羊等，其中对羊纹在织物上较常见，如新疆吐鲁番曾出土对羊纹锦。图中纹样取自唐代牡丹树对羊纹锦，纹样主体为牡丹花树、对羊，呈对称状，组成四方连续纹样，牡丹花树两边有数只蝴蝶飞舞，显得生动而富有情趣。该纹样以青膘为地，搭配灰绿和黄色，配色典雅庄重又不失活泼。

纹样绘制参考：唐代牡丹树对羊纹锦（纹样色彩有改动）

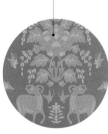

纹样以牡丹花树、对羊为主体，蝴蝶飞舞在花、羊之间，以青膘为地，牡丹花树与对羊俱为灰绿与黄色的组合。

● 5-5-45-0	247-237-162	
● 45-0-35-0	150-208-182	
● 5-40-70-0	238-171-85	
● 80-40-60-0	49-126-112	

● 5-30-60-0	241-191-112	
● 35-35-60-0	181-163-112	
● 80-40-60-0	49-126-112	

铜绿

铜绿，又称铜青，是因铜生锈而呈现的绿色，色彩具有稳重感，也是传统的绘画颜料，在西北地区较早使用。制作铜绿时，一般先捶打出铜片，用醋和粗糠处理，再激火熏烤使用铜片产生铜绿膜层，然后刮取使用。该色广泛应用于河西走廊各处的古石窟和墓室壁画。

唐代的龙门石窟和敦煌莫高窟彩绘壁画所用颜料有大量铜绿。由于古代所造的铜绿颜料历久会褪色，后来佛洞石窟中彩绘壁画的主要绿色颜料多替换成了石绿。另外以铜为呈色剂的铜绿釉在唐代也声名远播，铜绿釉瓷器的烧制工艺可分为高温绿釉与低温绿釉两种，其中低温绿釉较为常见，而具有强烈乳浊感的高温绿釉，只在唐代长沙窑和邛崃窑中可以见到。

90-15-90-0　0-147-78　#00934e

出自唐三彩

相关色

玉色

20-0-24-0
214-234-208
#d6ead0

玉色即青白玉的颜色，介于白色和淡青之间，也是传统绘画中的常用色。

草绿

75-10-70-0
40-164-109
#28a46d

草绿是国画工笔画中常用的颜色。在古代，草绿常用植物染料藤黄加花青调和而成，给人一种春意盎然的感觉。

祖母绿

85-50-75-15
34-100-78
#22644e

祖母绿指绿色矿石带有莹亮光泽的深绿色颜色，也是一种绿色宝石的名称。祖母绿一直以来都深受人们的喜爱。

配色方案

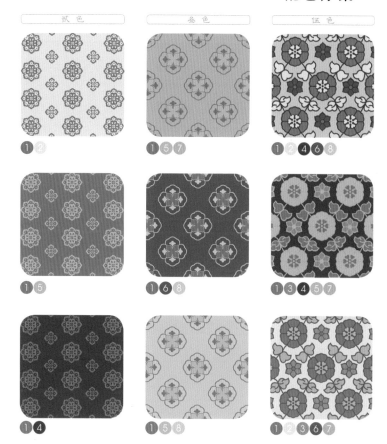

1　90-15-90-0
0-147-78
#00934e

2　20-0-24-0
214-234-208
#d6ead0

3　75-10-70-0
40-164-109
#28a46d

4　85-50-75-15
34-100-78
#22644e

5　50-0-70-0
140-198-109
#8cc66d

6　85-40-75-0
15-123-91
#0f7b5b

7　50-5-35-0
136-197-178
#88c5b2

8　35-0-55-0
180-215-141
#b4d78d

贰色

1 2

1 5

1 4

叁色

1 5 7

1 6 8

1 5 8

伍色

1 2 4 6 8

1 3 4 5 7

1 2 3 6 7

鲜亮绚丽

绿釉是中国传统釉色之一，早在汉代就已出现，其中出现时间较早的绿釉就是铜绿釉。汉代陶瓷工匠利用铜氧化后呈绿这一原理，将铜作为呈色剂加入釉料中发明了铜绿釉。到了唐朝，铜绿釉有了进一步的发展，如四川邛崃窑产出的高温绿釉，是一种釉上绿彩。晚期邛崃窑的彩绘瓷渐渐减少，铜绿单色釉瓷器获得了新的发展空间，多个窑口出现了不少高温乳浊铜绿釉瓷器，且色调不一，有深绿、浅绿、黄绿等。除此之外，著名的唐三彩陶器上的绿釉也是铜绿釉。

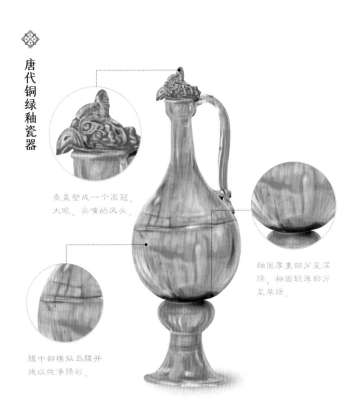

唐代铜绿釉瓷器

壶盖塑成一个高冠、大眼、尖嘴的凤头。

釉面厚重部分呈深绿，釉面轻薄部分呈草绿。

腹中部模拟鸟腹并施以纯净绿彩。

▲ 图 2-15 唐代 铜绿釉彩凤首执壶

唐代的铜绿釉器具经历了从单色到多色突破的过程。自汉代发明铜绿铅釉开始，我国逐渐探索出了传统的釉上绿彩，以铜为主要着色元素。铜绿釉料的多少会影响烧制出来的色彩浓淡，绿料多一些会呈现酱绿，而绿料与其他颜色的釉料混合还可以创造出不同的色彩，例如与黄料混合会呈现枯绿。

图2-15的铜绿釉彩凤首执壶就是唐代典型的单色铜绿釉器具。凤首壶在初唐时就开始流行，是传统鸡首壶的进化，与同时期另一种常见的双龙柄壶一样，具有明显的萨珊波斯器物风格。凤首壶造型巧妙流畅，尽显婀娜，平底，短直颈，上浇铜绿色釉面，深浅不一，壶盖凤头嵌入壶口，是唐代以前未出现的样式。壶身别无彩饰，素面无花，但质地厚润，鲜艳夺目。

唐代三彩釉瓷器

人物衣服施铜绿釉，鲜艳绚丽。

骆驼昂首站立，通体施棕黄色釉，漂亮细腻。

骆驼身上的毯子釉色丰富，五彩斑斓。

▲ 图2-16 唐代 三彩釉陶载乐骆驼 中国国家博物馆藏

在单色釉的基础上，唐代的铜绿釉常与其他色釉组合在一起，制作出多色釉器具，其釉光饱满，色彩缤纷。其中有名的即为唐三彩，是一种盛行于唐代的低温三彩釉陶器。唐三彩并非三种颜色，而是有黄、绿、白、褐、蓝、黑等多种色，以黄、绿、白三色为主，因而被称作"唐三彩"。唐三彩在唐高宗时兴起，唐玄宗开元年间鼎盛，中晚唐开始衰退。唐三彩的釉含有多种金属元素，使釉面呈现丰富的色彩效果，例如在铜绿釉中加入铜金属着色，绿彩鲜艳绚丽。

在制作唐三彩时，先用蜡画出花，再挂釉彩，烧制时有蜡处釉汁扩散，与釉中的铅混合交融，釉面光亮，形成多种色相，具有斑驳、青翠欲滴的色彩视觉效果。黄、绿、白、褐、蓝、黑诸色釉面，与唐代金碧青绿的重彩画风可谓珠联璧合，相得益彰。

图2-16为三彩釉陶载乐骆驼。骆驼昂首站立，通体施棕黄色釉，头颈到腹间以及前肢上部都雕刻有下垂长毛，漂亮细腻。骆驼背上架有平台，铺有铜绿、黄、白三色条纹毛毯。平台上左右各坐一个胡乐俑，正在吹弹乐器；有一位站在中央，呈欲舞之势。三个人物皆高鼻深目，蓄满胡须，神态不一，惟妙惟肖，令人赞叹。

立狮宝相花纹

唐朝狮纹常出现在织锦上，带有非常浓郁的西域风情，象征着祥瑞之意。图中的立狮宝相花纹取自唐代立狮宝相花纹锦，由唐代典型的宝相花纹和狮纹组成。纹样以浅黄为地，赭黄与姜黄花瓣组合而成的宝相花环绕狮纹，花瓣层层叠叠组合成巨大的团花，四周还点缀了铜绿，团花中心有一头铜绿的立狮，强壮有力，狮头微仰，目光炯炯直视前方，不怒自威，整体高贵大气。

纹样绘制参考：唐代立狮宝相花纹锦（纹样色彩有改动）

铜绿立狮的毛发呈卷曲状，带有一定威严。

宝相花纹分为三层，内层为铜绿、赭黄相间的花蕊，中层为姜黄花瓣，外层为赭黄花瓣，各层相互穿插，布局紧凑。

联珠对马纹

对马纹在唐代的壁画、浮雕、金属、纺织等领域均有体现。图中的联珠对马纹以一组圆环为主体，圆环上分布着十六个铜绿联珠，两圆环相切处饰以一朵八瓣梅花，颜色也为铜绿，清新典雅，四个圆环之间装饰有忍冬。圆环内的对马都长有双翼，应为"天马"。铜绿的天马相对而立，一前足向上腾起，呈疾步前行的姿态。

纹样绘制参考：唐代联珠对马纹锦（纹样色彩有改动）

铜绿的对马脖颈和腿上有绶带，马蹄以下装饰花卉纹，对马姿态高贵优雅。铜绿搭配浅黄，画面精致生动。

0-10-35-0	254-234-180	0-20-55-0	252-213-129
25-10-55-0	204-211-136	0-45-70-15	220-147-74
0-30-70-5	242-187-86	90-15-90-0	0-147-78
5-40-100-0	238-169-0	20-60-85-5	201-120-50
90-15-90-0	0-147-78	70-20-75-45	48-106-63

秘色

秘色来源于唐代越窑"秘色瓷"的釉色，为皇家专用，釉药的配方和制作工艺等严格保密，所以称为"秘色"。古人曾用"千峰翠色""明月染春水""古镜破苔"等来形容秘色。

秘色如其名一般神秘，相传在唐代除了皇室成员，其他人无权享用。直到20世纪陕西扶风县法门寺的秘色瓷器出土，世人才得见真正的秘色瓷釉色及其色调，其出土的《物帐碑》上明确记载"瓷秘色"。据考古工作者描述："出土的秘色瓷的'秘色'，就是一种具有明显玉质感、颜色介乎艾色（苍白）与青绿之间的稀见釉色。"秘色瓷件件皆为珍品，均是淡青绿、淡湖绿色调，釉色清透、干净。

35-10-35-0　179-204-177　#b3ccb1

出自唐代越窑秘色瓷

相关色

松绿

松绿指松叶的颜色，呈暗绿。松绿常见于陶瓷上，也是端砚（中国四大名砚之一）的颜色之一。

85-45-90-5
32-113-68
#207144

秧色

秧色指稻秧的颜色，出自《布经》。秧色中有呈秧色的，因此秧色也常见于戒指、项链、吊坠等饰品上。

60-10-85-0
113-176-77
#71b04d

茶白

茶指的是茅草的白花，常用来形容女子的清新纯洁。茶白呈带一点绿调的白色，给人一种宁静、透亮的感觉。

10-0-10-0
235-245-236
#ebf5ec7

配色方案

| | | 贰色 | 叁色 | 伍色 |

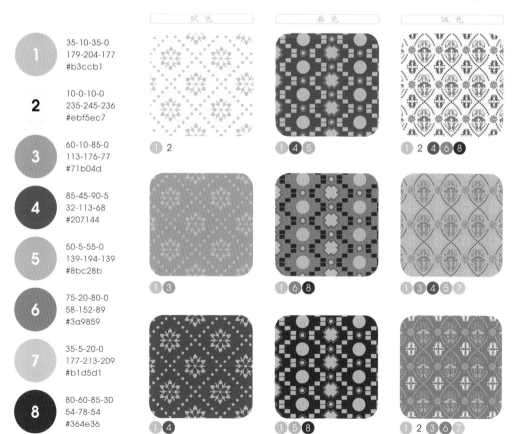

1　35-10-35-0　179-204-177　#b3ccb1
2　10-0-10-0　235-245-236　#ebf5ec7
3　60-10-85-0　113-176-77　#71b04d
4　85-45-90-5　32-113-68　#207144
5　50-5-55-0　139-194-139　#8bc28b
6　75-20-80-0　58-152-89　#3a9859
7　35-5-20-0　177-213-209　#b1d5d1
8　80-60-85-30　54-78-54　#364e36

如冰似玉

晚唐时期诗人陆龟蒙曾作诗《秘色越器》来描述越窑的秘色瓷器:"九秋风露越窑开,夺得千峰翠色来",其中"千峰翠色"成了描述秘色瓷的词语。秘色瓷颜色如月光映照绿意春水,如冰似玉,自烧制之初即为贡瓷。唐代文学家涂彦记载道"拔翠融贵瑞色新,陶成先得贡吾君",说的就是秘色瓷因胎质与釉色的高品质而成为贡品,由此可见秘色瓷的珍贵。

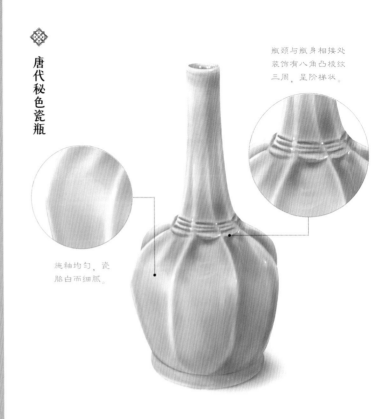

唐代秘色瓷瓶

瓶颈与瓶身相接处装饰有八角凸棱纹三周,呈阶梯状。

施釉均匀,瓷胎白而细腻。

▲ 图2-17 唐代 八棱净水秘色瓷瓶 法门寺博物馆藏

"姿如圭璧""色如烟岚"神秘纯净",古人用美好的词语来形容秘色瓷的釉色和器质之美。在唐代,秘色瓷代表着当时制瓷工艺的最高成就,是越窑青瓷中的精品,其与普通青瓷有诸多区别。秘色瓷的瓷胎更加白而细腻,使用的瓷土质量和淘洗技术更好,施釉也更加均匀。其与其他青瓷最大的不同是釉色,秘色瓷具有艾叶绿中闪灰的色泽,唐代诗人许浑将其比喻为"越瓶秋水澄",可见这种有灰度的青绿令人心旷神怡。

1987年从法门寺地宫出土的一批秘色瓷器,可以说代表了越窑青瓷的最高水平,图2-17的八棱净水秘色瓷瓶(下简称秘色瓷瓶)便是其中一件。这件瓷器是一件能显示佛教风格的秘色瓷器。相传观音菩萨手持净瓶,拯救众生,因此净瓶也是佛门供奉佛祖之物,置于

唐代秘色瓷碟

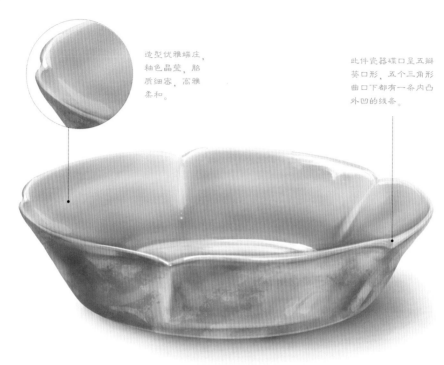

造型优雅端庄，釉色晶莹，胎质细密，高雅柔和。

此件瓷器碟口呈五瓣葵口形，五个三角形曲口下都有一条内凸外凹的线条。

▲　图2-18　唐代　五瓣葵口凹底斜腹秘色瓷碟　中国国家博物馆藏

佛前，用以盛水。据载，此秘色瓷瓶曾置于地宫后室第四道门内侧，瓶内装了29颗佛教五彩宝珠，瓶口有一颗大水晶宝珠覆盖。此瓶造型十分优雅，端庄规整。瓶颈细长，直口，肩部圆隆，腹呈瓣瓜棱形，瓶体正直挺拔，在秘色瓷中也尤为少见。此瓶通体施明亮青釉，胎色浅灰，釉色清澈碧绿，如同一池寂静无风的湖面，细润光洁。在瓶颈与瓶身相接处装饰有八角凸棱纹三周，呈阶梯状。观察这件净瓶的釉色可以发现，它比另外有记录的十三件秘色瓷器更加透亮、玻化程度更高，研究人员认为"法门寺八棱长颈瓶是所有秘色瓷中最精彩也是最具典型性的作品之一，造型规整，色清亮，其制作达到了唐代青瓷的最高水平"。

与秘色瓷瓶一同出土的还有一件五瓣葵口凹底斜腹秘色瓷碟（图2-18），此器碟口呈五瓣葵口形，五个三角形曲口下都有一条内凸外凹的线条，将口沿和碟身切分成五瓣，造型优雅端庄，釉色晶莹，胎质细密，高雅柔和。在展柜内单一光线的照射下，此器微凹的底部发散光线，观者就能在玲珑剔透的秘色瓷中看到盈盈水光，呈现无中生水的视觉奇观，带给观者美的体验。

波狮对凤纹

唐代的狮纹包含对称式的对狮和独立式两类。从时间上看，因初唐织造技术局限，织锦上的狮纹造型趋于几何化，线条较为平直简约，中晚唐时期的狮纹更加流畅矫健。在狮子的形态上，唐朝的立狮宝花纹所展现的直立狮生动矫健，而坐狮形象温驯谦和。图中的波狮对凤纹就是将成对的坐狮与凤鸟组合到一起，图案呈轴对称分布，以联珠相隔，以秘色为地，搭配黄橙两色，色彩典雅清新又兼具层次感。

纹样绘制参考：唐代绿地波狮对凤纹锦（纹样色彩有改动）

两只相对而立的狮子颜色呈米白，与秘色形成了鲜明的对比。

纹样的另一部分为一对相对而立的凤鸟，呈展翅状。秘色搭配浅黄色的凤翅，古朴中透着精致。

联珠对鸟纹

唐朝织物图案中常见的有联珠对鸟纹。鸟一般喙部衔有络或联珠带、颈后系有飘状绶带，其名称没有统一的标准，有"含绶鸟""戴胜立鸟""雁衔绶带"等不同的说法。"绶"音同"寿"，丝带彰显官位，寓意福寿双全。围绕含绶鸟的联珠环流传于中西亚，代表"王权之环"或为光明的象征。唐代的含绶鸟图案经过本土化的发展，图形更为饱满。下图纹样底色以深蓝为主，黄色作为点缀，秘色作为辅助色调和了黄绿的对比效果，既沉稳平和，又凸显了作为主体的含绶鸟图案。

纹样绘制参考：唐代联珠对鸟纹锦童裙（纹样色彩有改动）

对鸟口中衔珞、缀珠等物，颈上系蓝色联珠纹飘带，尾翅如卷草般向上弯曲。

○	0-0-15-0	255-253-229		0-10-20-0	254-236-210
	0-15-40-0	253-224-165		10-20-45-0	233-207-151
	1-34-65-0	247-186-98		35-10-35-0	179-204-177
	35-10-35-0	179-204-177		60-35-30-0	115-147-163
			●	80-65-45-5	68-90-114

曾青

曾青，也叫层青，颜色介于青色和靛色之间，是矿物颜料石青的一种。其色彩意象宁静悠远，因色泽有深浅层次而得名曾青。曾青历史久远，春秋时秦国的明山就有出产，后期常用作绘画的颜料，李时珍的《本草纲目》也称其"多充画色"。

曾青给人沉稳深邃的感觉，在唐代主要产于河北蔚县，唐朝画家张彦远的《历代名画记》就记载了产自不同地区的青色："越嵩之空青、蔚之曾青、武昌之扁青"，由此可知在唐代曾青就已经用作绘画的颜料。李白的《求崔山人百丈崖瀑布图》中也有关于曾青的描写："石黛刷幽草，曾青泽古苔"，意思是用石黛粉勾勒幽谷深处的青青草色，用曾青颜料润泽出峭壁上生长的古老青苔，营造出一种清幽秀丽的意境。除了山水画，唐朝的壁画也用曾青绘画，例如敦煌壁画中天空、山峦峰顶等处也可见使用曾青的痕迹。

85-75-50-20　52-66-91　#34425b
出自敦煌壁画

相关色 ●

湛蓝

湛蓝指的是明亮阳光下，深而平静的水色，色调纯亮。

100-20-10-0
0-140-201
#008cc9

碧蓝是用来形容大海和天空的颜色，色泽纯净而明亮，常见于女子服饰上。

55-0-25-0
115-198-200
#73c6c8

粉蓝是天气晴朗时天空中淡淡的蓝色，常见于绘画颜料和服饰上，给人一种平淡、素净的感觉。

30-0-10-0
188-226-232
#bce2e8

配色方案 ●

1	85-75-50-20 52-66-91 #34425b
2	30-0-10-0 188-226-232 #bce2e8
3	55-0-25-0 115-198-200 #73c6c8
4	100-20-10-0 0-140-201 #008cc9
5	55-10-0-0 113-188-233 #71bce9
6	75-25-45-0 53-149-145 #359591
7	65-25-30-0 94-158-171 #5e9eab
8	80-50-40-0 57-113-135 #397187

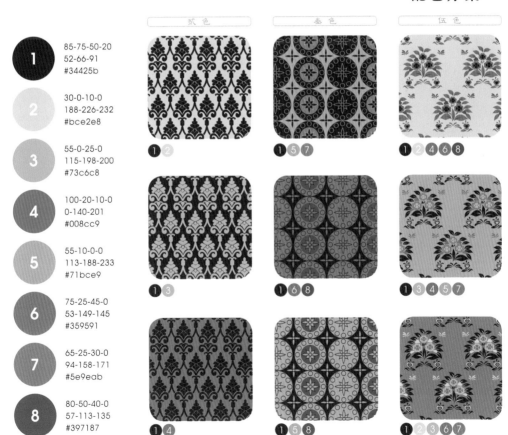

贰色　叁色　伍色

❶❷　❶❺❼　❶❷❹❻❽

❶❸　❶❻❽　❶❸❹❺❼

❶❹　❶❺❽　❶❷❸❻❼

深邃神圣

曾青作为天然的矿物颜料，经过多道工序制成，颜色饱和度高、覆盖力强，且色相相对稳定，色彩深邃，不易变色，非常适合应用在壁画与工笔重彩上。敦煌莫高窟的壁画和彩塑就常使用曾青来表现人物的庄严神圣、气质尊贵。《酉阳杂俎》曾记载过唐代佛教壁画尤喜用曾青："近佛画中有天藏菩萨、地藏菩萨，近明谛观之，规彩铄目，若放光也。或言以曾青和璧鱼设色，则近目有光。"讲的就是用曾青和璧鱼（研磨后有银色光泽）来调色，近看有耀眼的光泽。

在唐朝，敦煌壁画进入了全盛时期，在壁画题材以及用色上也更加丰富。用色上大多采用石青、石绿等冷色调为主的颜色，并在青绿中融入曾青，使得画面中的冷暖对比更为鲜明，而整体画面也更浪漫梦幻。题材上多以故事画、人物画、场景画、佛像和菩萨像为主，其中的极乐世界图场面宏大，人物众多，色彩富丽不失典雅，鲜明又沉着，反映了唐朝的繁荣昌盛，以及朝气蓬勃的时代精神。

唐朝不同时期敦煌壁画各有差异，艺术风格也不断发生变化。初唐的壁画因袭隋制，人物偏向方正圆润，形象端严，微有动势，如《维摩诘经变》中的天女，飘带随身，生动灵活，色调以石青、石绿为主，中间混合曾青，并加入了土黄和土朱构成的丰富和谐的色调。盛唐时期敦煌壁画艺术再次达到高潮，此时的敦煌壁画在造型和色彩上发生了很大变化，人物造型与群体关系更为协调，姿态也更为生动。壁画构制阔大、色彩华丽是这时的特点，多使用红、绿

▲ 图 2-19 唐代 敦煌莫高窟第 220 窟 《乐舞图》

等对比色，色阶分明。中唐敦煌壁画则主要使用黄色、浅红、浅绿等色，人物服饰也以曾青、石绿等作为辅色，不再是重笔浓彩，而显得单调清淡。晚唐的敦煌壁画盛行家居生活方面的内容，仪仗出行的题材减少，色彩上也不复前期的绚丽丰富，衣服上晕染的石绿及赭色对比前期也更显拘谨。从唐朝敦煌壁画主题与色彩的演变，我们也得以窥见唐朝国力式微、盛世不再的历史过程。

在唐代各时期敦煌壁画中，初期壁画对曾青的使用较为明显。图2-19为敦煌莫高窟第220窟的《乐舞图》，为初唐时期乐舞壁画的代表作。此壁画绘于贞观十六年（642年），题材取自佛经《药师净土经变》，属于经变图，经变就是以图像的形式来说明某部佛经的思想内容。画面中有十多种乐器和数十位人物，七佛飞天翱翔，前临曲池流泉，舞者、乐者姿态灵活传神，动静结合，场景画面设计华美。从设色上看，后方是用石绿填充的碧波荡漾的七宝池水，水池中央是用蓝琉璃铺设的宝台，而宝台使用了大面积的曾青，澄澈如蓝天，使人观之有如临佛境的感觉。舞者身上所挂披帛也是石绿、曾青二色，有轻有重，与赭色、土朱等暖辅色相搭配，画面上下两边绘有红底和大小不一的白点，对比强烈，十分夺目。整幅壁画十分注重色彩的对比，调节了画面中的色彩比例使整体氛围更加和谐统一。

飞天莲花纹

第329窟的藻井壁画是敦煌莫高窟现存最精美的藻井壁画之一，中心为莲花组成的大团花，花心呈五色法轮状。藻井由中心向四周逐层绘忍冬纹、卷草纹、联珠纹、垂角纹、帷幔等纹样，四名执花飞天环绕藻井，同向飞行。藻井井心以淡蓝为地，由卷瓣莲、卷云纹相间环绕莲心而成。中间的圆形内有白色的莲子。在卷瓣莲上，白色的短弧线呈波形排列三圈相互环绕，形成旋转性的团花中心。外层颜色有深红、赭石、黄、白、褐、黑等，色彩丰富，与内层的曾青相呼应，烘托出热烈欢快的气氛。

纹样绘制参考：唐代敦煌莫高窟第329窟飞天莲花纹藻井（纹样色彩有改动）

中心的莲花纹以曾青为主，再搭配黄色和紫色，增强纹样的色彩对比。

执花飞天身着赭红裤飞行，与浅蓝底色形成鲜明对比，身下有曾青云纹。

莲花卷草纹

敦煌莫高窟中的藻井图案是敦煌壁画中的精华，绘制在石窟顶部，十分精致。下图纹样取自唐代敦煌莫高窟第361窟莲花卷草纹藻井，是莲花卷草纹，纹样中心为开放的莲花，莲心绘制的是十字金刚杵，外围用佛纹、小花瓣纹、菱形纹、卷草纹等纹样进行装饰。以曾青和绿色作为花草纹饰的主色调，再以少量的白与黑进行点缀，将花、叶区分开，外框用黄褐营造出古朴传统之感。

纹样绘制参考：唐代敦煌莫高窟第361窟莲花卷草纹藻井（纹样色彩有改动）

莲心为十字金刚杵，
纹样中心有曾青、
白色、灰绿的莲瓣
层层相叠。

5-5-10-0	245-242-233	2-2-8-0	252-250-240
48-29-22-0	146-166-182	35-10-15-0	176-207-213
32-41-75-0	187-153-80	58-38-65-0	126-142-104
51-99-95-31	115-24-30	40-65-90-0	169-107-51
85-75-50-20	52-66-91	85-75-50-20	52-66-91

钴蓝

钴蓝是一种化学材料，主要用于制玻璃和陶瓷，也用于绘图和油漆等。钴蓝整体的色调十分浓郁深沉，给人一种高贵的视觉感受。钴蓝源于陶瓷蓝釉，古代蓝釉多以天然钴土矿为着色剂，冶烧后呈现蓝色，温度不同所烧制出的蓝色也有所不同，钴蓝是低温烧制而成的。

唐三彩是较早使用钴蓝做装饰的陶瓷品种，其色绮丽，略带沉着。但蓝釉珍贵，主要用于供器而非生活用具。唐三彩中如有加蓝釉者，价值倍增，一般供贵族使用。如唐恭陵哀皇后墓就出土过一件蓝釉细颈瓶，造型稳重，瓶身全施盈润蓝釉，色泽深沉，钴蓝色调匀净凝重，深邃如海，有一种自然从容的美感，体现了宁静清雅的境界。在制作钴蓝瓷器时，因釉料烧制时熔融垂流下来，釉层呈现上薄下厚的状态，下方堆积釉层较厚，使钴蓝中带着一点黑色，更显厚重。

95-75-25-0　4-74-133　#044a85

出自唐三彩蓝釉

相关色

碧落常用于形容颜色青碧高深、意境清透空灵的天空。

碧落

35-10-0-0
174-208-238
#aed0ee

苍青是一种色调偏暗的青蓝。在国画中，苍青多用来绘制远山、江水等景物。

苍青

60-35-25-0
114-147-170
#7293aa

靛蓝是古代平民百姓的服色，呈深蓝；也是国画颜料里常用的色彩，大多用于枝叶、山石、水波等元素的绘制。

靛蓝

90-70-50-20
30-71-94
#1e475e

配色方案

1	95-75-25-0 4-74-133 #044a85
2	35-10-0-0 174-208-238 #aed0ee
3	60-35-25-0 114-147-170 #7293aa
4	90-70-50-20 30-71-94 #1e475e
5	65-20-15-0 86-165-199 #56a5c7
6	50-0-10-0 129-205-228 #81cde4
7	85-55-0-0 27-103-178 #1b67b2
8	80-55-25-0 59-107-150 #3b6b96

贰色　叁色　伍色

❶❷　❶❺❼　❶❷❹❻❽

❶❸　❶❻❽　❶❸❹❺❼

❶❺　❶❺❽　❶❷❸❻❼

绚丽珍贵

在唐朝钴蓝釉十分珍贵且很难烧制，其因呈色鲜艳在唐代十分受欢迎。钴蓝釉在唐三彩中的表现方式主要分为两种。第一种是单色钴蓝釉，这种在唐代不多见；第二种是将钴蓝釉与其他釉色混合，用交融搭配的色彩展现斑斓绚丽的效果，这样的做法在唐代使用较多，如著名的唐三彩蓝釉俑等，此类混合釉器物集中在两京地区以及唐代的贸易口岸。

唐代仕女陶俑

蓝彩色泽艳丽而凝重，局部点缀淡棕釉彩。

钴蓝上襦外罩棕黄色披帛，配色冷暖得宜，雅致大方。

▲ 图 2-20 唐代 唐三彩女立俑 陕西历史博物馆藏

在唐三彩中，白釉通常是高岭土或白色化妆土制成的；黄、绿、蓝釉是以铁、铜、钴等金属的氧化物作为着色剂制成的。在唐三彩中，陶俑对钴蓝的使用较为突出，唐朝也是陶俑艺术发展达到顶峰的时期，特别是从武则天到唐玄宗开元末年，女陶俑大量出现，且风格清新奔放，活力饱满，钴蓝釉常用于女俑的服饰。

图2-20为唐代的唐三彩女立俑，此俑是唐代典型的贵族仕女形象，体态丰腴匀称，双手拱贴腹前藏于袖中，姿势端庄娴雅，俑身胎质洁白坚硬，无裂纹。其身穿钴蓝对襟窄袖上襦和束胸长裙，外披棕黄披帛，钴蓝衣物上遍洒白色圆斑，圆斑中又用淡棕晕开，使得釉色简中有变，搭配得当。钴蓝上襦颜色深邃沉着，愈加显得女俑肌肤白皙细腻如凝脂，周身三彩也让女俑更加艳丽照人，顾盼生姿。该俑是一件具有唐时生活气息的唐三彩代表作。

唐代三彩马

马鞍塑造精细，
釉色对比强烈。

马颈部自然前伸，
马头向下微垂。

尻股上的黄色革带
上挂着黄色垂饰。

▲ 图 2-21 唐代 三彩蓝釉白斑马 洛阳博物馆藏

唐三彩除人物类的雕塑以外，还有动物类的雕塑，其风格极其写实，体现了唐代雕塑的高超技艺。唐人喜爱马，因此雕塑中的动物形象以马较为多见，其形象塑造得十分生动。唐三彩马塑强烈的颜色对比和写实形态的塑造尤为夺人眼球——其筋骨、眼睛、鬃毛、鞍饰等细部都雕琢得极其精细华美，马体态饱满不臃肿，鲜亮的釉色华美富丽又不落流俗，象征着气魄与力量，显示出盛唐恢宏的气象。

图2-21是唐代三彩蓝釉白斑马，此马颈部自然前伸，形态饱满，鞍鞯、辔饰细致写实，甚至鬃毛也清晰可见。通身施钴蓝釉，色彩鲜艳，马身上绘有白色斑点，头部、颈部及屁股上的黄色革带上都挂黄色垂饰。其施釉方式也尤为特别，钴蓝的马身、白色的斑点与马背绿色的鞍毯釉彩反差较大，美观大方，格外引人注目，给人鲜明耀目的感觉。此雕塑精细的程度彰显了其主人的身份地位非同一般，也对研究唐代的工艺美术具有重要意义，为三彩马中的珍品。

雁衔璎珞茶花平棋纹

敦煌莫高窟中的平棋图案是仿照木质建筑中的平棋在石窟顶部的平面上绘制的图案，于中唐时期开始出现，形式多为鸾凤、孔雀、大雁、鹦鹉等禽鸟嘴中含着瑞草、璎珞、同心百结、花枝等，其中雁衔璎珞纹是当时流行纹样之一，具有鲜明的时代特征。雁衔璎珞纹中的大雁有的呈飞翔式，有的呈栖立式，到了唐代该纹样成为唐锦中最具特色的纹样之一，数量也多。下图纹样中以钴蓝、赭石、藤黄等颜色相互搭配，以浓淡区分，画面极富层次，给人带来和谐统一的印象。

纹样绘制参考：唐代敦煌莫高窟第 361 窟雁衔璎珞茶花平棋纹（纹样色彩有改动）

十字形的四个端部伸出云纹，寓意吉祥。

雁纹是敦煌莫高窟平棋图案中最常使用的禽鸟纹之一。雁纹以深棕为地，蓝黄相间对比强烈，外部有联珠纹环绕。

茶花纹

盛唐晚期，茶花纹开始出现，但这时候的茶花纹主要作为辅花出现在藻井的边饰中；中唐时，茶花纹发展成为藻井中心的主体花饰，并广泛地被应用在石窟装饰中。除了用于装饰藻井外，茶花纹在四壁的边饰上、佛龛顶部的平棋中、佛背光中也有出现。下图纹样取自茶花藻井井心，中心是开放的莲花，莲花以黄、绿色为主，给人素雅的感觉，外绘八朵缠枝茶花纹，井心四角上是1/4的中心莲花纹，外框饰有小茶花纹。

纹样绘制参考：唐代敦煌莫高窟第159窟茶花藻井井心（纹样色彩有改动）

茶花纹以钴蓝为主色，绿为辅助色，黄、白为点缀色，使纹样显得有层次。

2-0-14-0	253-252-230	5-10-30-0	245-231-190
4-26-49-0	243-200-138	15-30-75-0	223-183-80
32-11-8-0	182-209-226	35-62-60-0	178-115-95
95-75-25-0	4-74-133	60-25-55-0	115-159-128
65-95-76-56	66-15-30	95-75-25-0	4-74-133

紫绶

《说文解字》曰："紫，帛青赤色也"。紫色在五正色之外，属于间色，由于染制过程复杂，获取成本高，因此在古代属于高贵之色。如"紫气东来"是祥瑞之气与圣贤出现的预兆，宇宙称作紫宙、紫穹，天空叫紫霄或紫冥，帝王所居的华丽楼阁也称紫阙、紫宫、紫阁或紫台。

在唐代，紫色更多用在象征身份地位的地方。例如唐代皇帝诏书以紫泥封口，称"紫诰"；高贵的唐代公主车盖上伞的颜色也为紫色；还有代表最高荣誉的奖赏是紫袍金龟。在唐代的小说中，一般地位较高或者比较厉害的人穿的衣服颜色也是紫色，例如李朝威的《柳毅传》中洞庭龙君的服饰描写是"披紫衣，执青玉"，由此可见紫色在唐人心目中的地位是极高的。

90-100-60-45　　36-21-53　　#241535

出自唐代紫色绶带

鱼肚白介于白色和淡粉色之间，因近似于鱼腹部的颜色而得名，多用于形容拂晓的天色，又叫鱼（余）白。

鱼肚白

5-10-5-0
244-234-236
#f4eaec

雪青是偏冷调的浅紫，颜色近似紫罗兰花朵的颜色，又叫紫罗兰色，给人一种高冷又安静、祥和的感觉。

雪青

40-35-0-0
165-163-208
#a5a3d0

绀色是用于染制布帛的一种颜色，色相为浓蓝中透微红的蓝色，色感深沉肃穆，古时也用来形容深蓝透微红的天色。

绀色

45-40-0-55
88-86-119
#585677

| 贰色 | 叁色 | 伍色 |

1 — 90-100-60-45　36-21-53　#241535

2 — 5-10-5-0　244-234-236　#f4eaec

3 — 40-35-0-0　165-163-208　#a5a3d0

4 — 45-40-0-55　88-86-119　#585677

5 — 20-35-0-0　208-177-211　#d0b1d3

6 — 60-30-0-0　108-155-210　#6c9bd2

7 — 65-50-10-0　105-122-175　#697aaf

8 — 80-70-5-5　69-80-154　#45509a

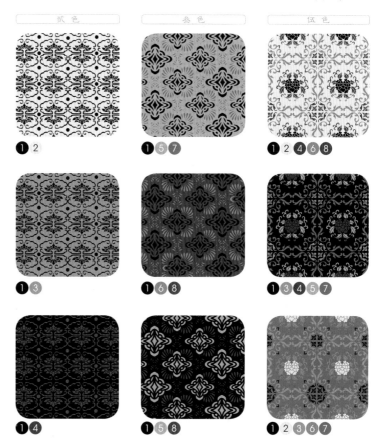

❶❷　❶❺❼　❶❷❹❻❽

❶❸　❶❻❽　❶❸❹❺❼

❶❹　❶❺❽　❶❷❸❻❼

唐代壁画

▲　图 2-22　唐代　懿德太子墓室壁画《内侍图》局部　临摹

在唐代的官服制度中，紫色是唐代高等级的官员才可穿着的色彩，一朝服紫意味着青云直上，官运亨通，位极人臣。初唐时期，一至三品的高阶官员服色为紫，四、五品官员服色为绯，且金印紫绶是高官的代表。由于紫衣地位极高，众多官员心向注之，所以唐代开始出现了独特的紫衣赏赐制度，称为"赐紫"，就是将紫色的服装赏给有功的官员。

唐代设内侍省，内侍皆为宦官担任，而内侍也可被"赐紫"，因此在唐朝的壁画中可以看到身着紫衣的内侍。图2-22是唐代懿德太子墓室壁画《内侍图》。懿德太子李重润是唐中宗长子，因不满武后专制，仅十九岁就被处死，唐中宗复位后追封其为懿德太子。此墓的规模宏大，随葬品也十分丰富，其中壁画有四十余幅，真实地反映了唐代宫廷的生活。

这幅《内侍图》画有懿德太子的内侍七人，他们头戴黑色幞头，系黑皮腰带，穿黑靴，他们所穿着的衣服颜色对应不同的官品，以身着紫绶圆领袍的内侍为首，双手执笏，由此可以看出唐代紫色袍服的显贵。对应文献记载，服紫袍者应为三品官，这说明唐朝的宦官也是可以担任高等级官职穿着紫衣的。

唐代官服

金印　　　　　　紫绶　　　　　　　　　　　　　　　鱼袋

▲　图2-23　唐代　官服（大袖礼服）及其配饰

唐代官吏除穿圆领窄袖袍衫之外，在祭祀典礼等重要场合会穿礼服（图2-23）。礼服的样式为对襟大袖衫，下着围裳，会佩戴玉佩、组绶等配饰。唐代等级鲜明，除服饰颜色以外，连配饰都是固定的。《新唐书·舆服志》有云："景云中，诏衣紫者鱼袋以金饰之，衣绯者以银饰之。"说的就是紫色的官服要与金鱼袋搭配，绯色的官服和银鱼袋搭配。鱼袋是盛放鱼符的袋子，悬于腰带下，鱼符上刻写着官员的姓名、任职衙门及官位品级等信息。除鱼袋外，《唐会要·卷三十一·章服品第》还记载了服紫者需要搭配十三銙金玉腰带（銙是古代附于腰带上的装饰品，用金、银、铁、犀角等制成）。

除此之外，官员绶带（绶带是一种丝带，用来系佩玉和官印）的颜色也对应着不同的身份与等级，在唐制《唐六典·卷四·尚书礼部》中就记载了绶带的相关规定：亲王佩戴朱红的绶带，一品佩戴绿绶，二、三品佩戴紫绶，四品佩戴青绶，五品佩戴黑绶。由此可以看出紫绶是高品官员的象征。紫色绶带搭配金质的印玺俗称金印紫绶，金印紫绶历史十分悠久，广泛应用在达官显贵的服制中，通常为相国、丞相、太尉、大司空、太傅、太师等高官所掌，在对外交往的过程中也常授予其他政权的首领和国君。

联珠团窠花树对鹿纹

联珠团窠纹由魏晋时期的尺寸小、样式简单演变到唐朝的尺寸大、纹样繁复精致。这种具有异域风情的组合纹样在唐朝十分盛行，被广泛应用于织锦等物品之上。联珠团窠纹常与鹿纹一起运用，鹿纹有单鹿纹和对鹿纹两种，其中对鹿纹更为常见，有健康长寿、俸禄不断、财运滚滚等吉祥美好寓意。下图纹样是唐代联珠团窠纹中较为经典的联珠团窠花树对鹿纹，以浅橙为地，搭配紫绶和橙褐，整体古朴典雅。

纹样绘制参考：唐代联珠团窠花树对鹿纹（纹样色彩有改动）

纹样以浅橙为地，团窠之间为橙褐的十字形花，同色系搭配和谐，有吉祥美好的寓意。

联珠中间立着花树，又称生命树，被看作生命的象征。花树下站着两只对称的鹿，具有平衡、和谐之美。

联珠狩猎纹

联珠狩猎纹通常为在联珠环中画一个穿胡服的骑士，骑士拿棒回身与袭来的猛兽搏斗，或是张弓射向背后的狮、虎等动物。这类图案源于波斯萨珊王朝，经由丝绸之路传入敦煌，再传入中原，常见于射箭所用袖套或袍服上。联珠狩猎纹的传播，与唐朝经营河西、开通丝路，推进中西文化的交流有着密切关系。下图纹样取自唐代联珠狩猎纹锦，图案外围为联珠纹圈带，内有四位骑士，狩猎纹之间还有十字卷草纹，整体以紫绶、黄、褐色为主，设色高贵典雅。

纹样绘制参考：唐代联珠狩猎纹锦（纹样色彩有改动）

骑士身上的铠甲和马的颜色都以紫绶为主，搭配互补色黄色，形成了鲜明的对比。

2-15-20-0	249-226-205	0-15-20-0	252-227-205
45-40-10-0	154-151-189	10-25-65-0	233-196-104
25-55-80-0	199-132-64	25-45-65-0	200-151-96
78-70-42-3	78-84-115	70-70-40-0	102-88-119
90-100-60-45	36-21-53	90-100-60-45	36-21-53

绛紫

绛紫又名酱紫，呈偏红的深紫，具有浓郁幽深的意象。绛紫的历史十分悠久，南朝时就有史书记录此色，多用于描述纺织品。颜色为绛紫的衣物大气华贵，具有一定的身份象征意义，另外绛紫的牡丹是花中名品。

绛紫是唐代女子服饰的常用色，盛唐时期的女裙经常搭配绛紫的丝带和罗衫，例如敦煌莫高窟的唐代大势至菩萨像，肩上就披有透明的绛紫纱帔，端庄优雅。唐代舞者也常穿绛紫的裙衫，例如白居易的诗句"紫罗衫动柘枝来"就描述了这样一幅画面：跳柘枝舞的舞姬，头戴珠玉刺绣卷檐虚帽，身穿绛紫刺绣或手绘的窄袖罗衫，双足穿一双红锦靴，衬得肌肤如雪，楚楚动人。

75-90-60-35　71-39-63　#47273f

出自唐代女子服色

相关色 ●—

紫藤色因像紫藤花的花色而得名。紫藤色粉中偏紫，高贵而淡雅，自古就受众人的青睐，是古代女子裙装的常用色。

紫藤色

10-20-0-20
200-184-201
#c8b8c9

葡萄色因颜色近似成熟葡萄的颜色而得名，浓郁的紫色中带一点红，常见于瓷器和服饰中。

葡萄色

75-90-45-10
89-51-94
#59335e

齐紫，因齐桓公好穿紫色而得名，带有高贵的色彩意象，后来齐紫也常作为御用服色。

齐紫

70-100-30-0
108-33-109
#6c216d

配色方案 ●—

			贰色	叁色	伍色
1	75-90-60-35 70-39-63 #46273f				
2	10-20-0-20 200-184-201 #c8b8c9		❶❷	❶❺❼	❶❷❹❻❽
3	75-90-45-10 89-51-94 #59335e				
4	70-100-30-0 108-33-109 #6c216d				
5	10-40-0-0 227-174-206 #e3aece		❶❺	❶❻❽	❶❸❹❺❼
6	45-40-0-0 153-151-201 #9997c9				
7	60-65-15-0 123-99-153 #7b6399				
8	45-70-0-0 156-94-163 #9c5ea3		❶❻	❶❺❽	❶❷❸❻❼

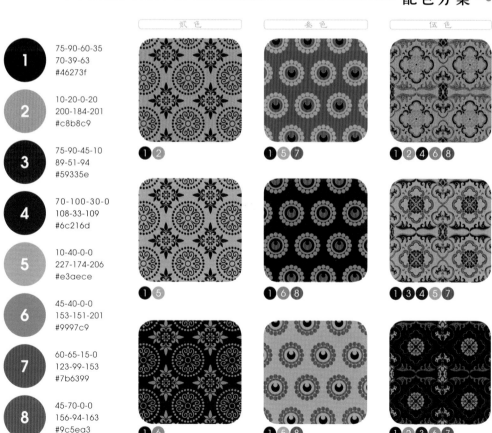

华贵非凡

在唐代，绛紫服饰尤其受女子青睐，因其除了能彰显华贵的身份，还能满足唐代女子对神秘与浪漫的追求。紫色的稀缺导致了社会地位高的女性才对绛紫有支配权力。《新唐书·舆服志》记载丈夫或儿子的官阶在五品以上，其妻或其母即可穿紫衣。因此为了体现这样的社会地位，贵族女子在出游或结伴时有穿着紫色衣裙的习惯。又因为在唐代红色也十分流行，所以紫配红就成了当时盛行的色彩搭配方式。

▲　图 2-24　唐代　周昉《挥扇仕女图》局部　北京故宫博物院藏

唐代女子喜爱穿绛紫裙装这一点可以以一些唐代名家画作为佐证，例如著名画家周昉创作的《挥扇仕女图》中就有一位抱琴的仕女穿着绛紫长裙。这幅仕女图没有背景装饰，画家主要通过人物远近大小和神态不同来丰富画面的内容。整幅画绘制了五个不同的场景，展现了中晚唐时期仕女们的生活状态。

图2-24 是《挥扇仕女图》中"端琴"的场景，画面中两名女子前后端琴解囊，形象栩栩如生。左侧女子双手抱琴，身着绛紫襦裙、衬得肤色洁白如雪；右侧女子着红色袍衫，端着琴头正解开布袋。这两名女子一大一小、一前一后，形成空间上的对比。从图像色彩上来看，以绛紫、红色为主，又增加淡赭、白、黑等色为辅，显得画面整体和谐统一；而绛紫文静，红色活泼亲切，两名女子服色的明度差距也展现了人物个性的差异。

▲　图 2-25　唐代　永泰公主墓室壁画《宫女图》局部　临摹

唐代的壁画中也绘制了许多穿着绛紫服饰的女子，图2-25为唐代永泰公主墓前室东壁南侧的《宫女图》。壁画上的女子共有九人，皆头梳高髻，娉目蛾眉，身材纤巧，她们或端盘，或持烛，或捧盒，或执扇，其动作刻画得惟妙惟肖，格外动人，充分展示出大唐女子的气质与风貌。

画中的颜色格外丰富，有绛紫、朱红、鹅黄、墨绿等，相互映衬，可见画师笔下的唐代女子对色彩搭配有着高雅的审美情趣。在这些站立的女子中，有的上身穿有浅绿或白色的窄袖短襦，有的穿着绛紫半臂，有的手挽绛紫或绿色的披巾绕过两肩，覆盖在上衣外，有的穿着曳地的绛紫裙或绿裙，腰上垂下各色的同心结缕带，光彩照人。其中一位回头侧视的女子头微抬起，仿佛在与后排的人进行交谈；另一个背向外的女子，着黄色短衫，披巾与长裙的颜色都是绛紫，微微垂头，凝神若有所思，刻画精细入微。此壁画中有一半以上的女子穿着绛紫，增加了画面整体色彩的大方高雅之感。

花卉狩猎纹

因唐代贵族热衷狩猎活动，所以狩猎纹在唐代十分流行，在服饰、壁画、器物中都有所表现，例如唐代的宴乐狩猎纹壶和狩猎纹银高足银杯。在造型上，狩猎纹多用简洁的线条勾勒出追赶野兽的场面，突出展现一人骑马弯弓待射的紧张之势，为了丰富画面，还会加上鹿、狮、虎、羊、鸟等兽类。下图纹样以绛紫为地，华丽大气，散发着雍容的贵族气质，再搭配上黄褐的狩猎纹和花卉纹，凸显了绛紫的质感。

纹样绘制参考：唐代棕地黄色花卉狩猎纹织锦（纹样色彩有改动）

黄褐的花树从中心向两边伸展枝条，散布的大小花朵相互呼应，生动活泼、富有生气。

骏马向前奔驰，前蹄腾空，狩猎者回身张弓，动作极具张力。深沉的绛紫底色与纹样主体明亮的黄褐色形成鲜明对比，突出了狩猎场景。

卷草纹

卷草纹是唐代的标志性纹样，又被称为"唐草纹"，象征着延绵不断、步步高升。卷草纹在唐代特别流行，深受人们喜爱，从铜器、织物到边饰纹和地纹，处处都能见到，运用十分广泛。唐代卷草纹多用作辅助纹饰，穿枝花与缠枝花是这一时期卷草纹的主要表现形式。下图纹样取自唐代卷草纹绫枕，以绛紫为地，浅橙与褐色交错搭配，给人繁复华丽的感觉。

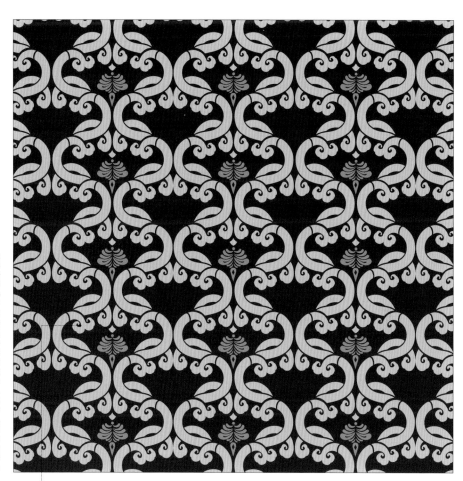

纹样绘制参考：唐代卷草纹绫枕（纹样色彩有改动）

卷草纹形似波浪，弯曲成S形，叶片旋转翻滚，富有动感，整体给人舒展而流畅、生机勃勃之感。

18-26-55-0	217-190-126	9-25-42-0	234-200-153
34-43-62-0	182-150-104	30-45-55-0	190-149-114
75-90-60-35	70-39-63	75-90-60-35	70-39-63

瓷白

瓷白取自中国白瓷，相比于色彩艳丽的彩瓷，瓷白色釉更加光洁纯净，展示出一种自然天成的美。在东汉时白瓷就已出现，而成熟的白瓷烧制技术是从隋开始出现的，到唐朝时达到极盛。

白瓷在胎、釉质地上有粗、细之分，在颜色上也有不同，粗白瓷釉色多为灰白或乳白，而细白瓷的胎色多为纯白，个别表现出白中带黄。唐代烧制出的白瓷胎质坚硬细腻、釉色洁白莹润，当时北方的邢窑与南方的越窑并驾齐驱，形成唐朝瓷业"南青北白"的格局。与前代的白瓷相比，唐代白瓷釉色更加透亮明净，瓷白色调更加稳定，结构紧凑，可见当时白瓷工艺的成就斐然，也在一定程度上奠定了中国传统瓷白的基本色调。

5-5-15-0　245-241-223　#f5f1df
出自唐代白瓷

相关色

黄鹂即黄鹂羽毛的颜色，在古诗中常与春天相伴出现。比如唐诗中的「两个黄鹂鸣翠柳」给人春天生机勃勃的感觉。

黄鹂

5-20-65-0
244-209-106
#f4d16a

云母是一种天然矿物，古人用其来制作绘画颜料。在敦煌壁画、法海寺壁画中都可以见到云母的使用。

云母

20-20-25-0
212-202-189
#d4cabd

韶粉是古时的高级铅粉，是用来上妆的颜色，也是传统颜料色。宋应星《天工开物》记载了韶粉的来源：「此物古因辰韶诸郡专造，故曰韶粉。」

韶粉

15-10-20-0
224-224-208
#e0e0d0

配色方案

		贰色	叁色	伍色

1
5-5-15-0
245-241-223
#f5f1df

2
15-10-20-0
224-224-208
#e0e0d0

3
20-20-25-0
212-202-189
#d4cabd

4
5-20-65-0
244-209-106
#f4d16a

5
5-5-40-0
247-238-173
#f7eead

6
0-30-60-0
249-194-112
#f9c270

7
35-40-65-0
180-154-100
#b49a64

8
10-35-85-0
231-177-50
#e7b132

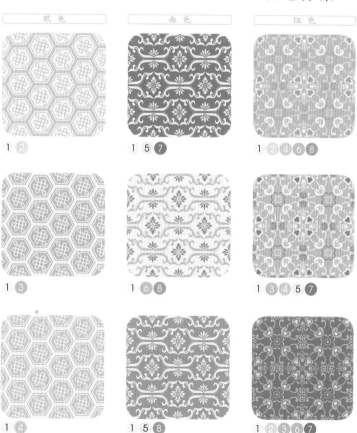

类雪似银

在唐代，邢窑是北方最早烧制白瓷的窑场，其瓷料含铁量低，土质纯净，加上工匠们精湛的技艺，烧出的白瓷色彩如雪，从而开启了瓷器釉色由青向白转变的大门，邢窑也因此被公认为"中国白瓷的鼻祖"。邢窑白瓷胎骨坚实，色泽纯正，瓷化程度高，瓷白釉色十分明洁。陆羽在《茶经》中所赞"邢瓷类银""邢瓷类雪"，指的便是邢窑白瓷。受邢窑的影响，在河北、河南、山西等地区，都陆续出现了烧制白瓷的瓷窑，其中就包括宋代五大名窑之一的定窑。

唐代白瓷双龙耳瓶

龙形对耳增强了器皿的观赏性。

器身饱满，轮廓自然和谐。

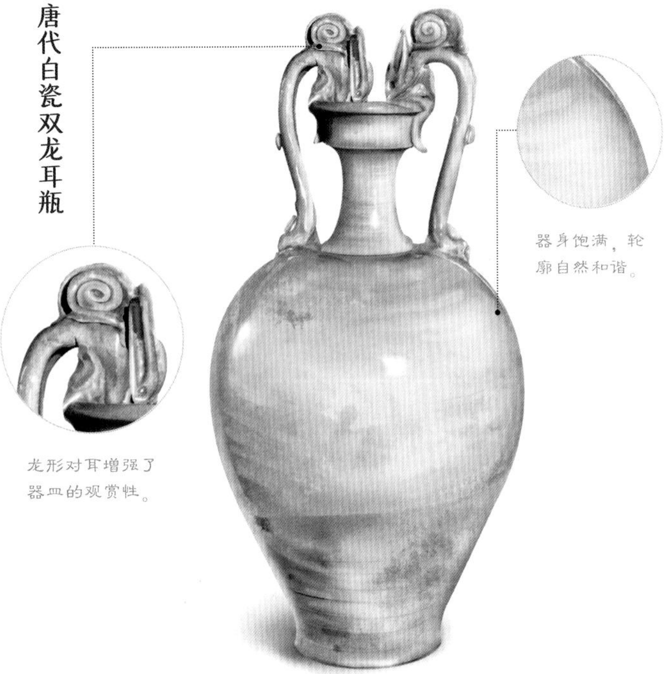

▲ 图2-26 唐代 白瓷双龙耳瓶 临摹 私人收藏

唐代所生产的白瓷种类多为碗、罐、酒杯、壶、瓶等小型器皿，多为人们的日常用具，所以有浓厚的生活气息。由于唐朝多数白瓷由青瓷转变而来，所以早期的白瓷釉色白中泛青，凝釉处多呈青绿；到了唐代后期，白瓷釉色慢慢变为白中泛黄，其中少数的精品白瓷薄胎整洁，胎釉洁白，釉色滋润光亮，用来外销和供宫廷使用。

图2-26中的白瓷双龙耳瓶便是唐代白瓷中的翘楚。此瓶在造型上融合了传统的鸡头壶和外来胡瓶的特点，器身饱满，轮廓自然和谐；龙形对耳增强了器皿的观赏性，作为点缀更显灵动巧妙。在颜色上，瓷白的釉色纯洁明净，釉彩莹莹如皎皎月华，带给人无限遐想。此瓶烧制时并没有施全釉，而是在瓶身靠近底部的地方留白，釉料流淌的痕迹随着烧制留在了瓶上，制造出一种动静结合的美感；白瓶身搭配本色瓶底，有一种古朴与宁静的感觉。

唐代密县窑珍珠地鹦鹉纹枕

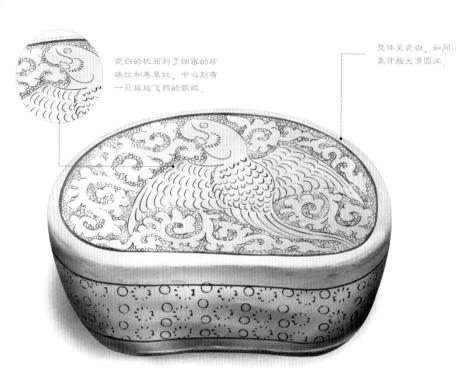

瓷白的枕面刻了细密的珍珠纹和卷草纹，中心刻有一只振翅飞翔的鹦鹉。

整体呈瓷白，如同象牙般光滑圆润。

▲ 图2-27 唐代 密县窑珍珠地鹦鹉纹枕 北京故宫博物院藏

唐代初期的白瓷多以素净见长，极少有附加装饰，后来随着时间的推移，少数白瓷使用了模印、划花和点彩等装饰技法，如河南的密县窑白瓷就有珍珠地划花等釉外纹样。密县窑烧造年代在唐末至宋初，品种极多，其烧制的白瓷有碗、碟、壶等生活用具。在装饰上，密县窑在瓷面应用了唐代金银器的钻花技术，首创了珍珠地划花陶瓷装饰工艺，是对中国陶瓷装饰的一大贡献。

珍珠地是古陶瓷纹饰之一，又称珍珠地划花，可以使主题纹样呈现立体感，更加华贵，装饰效果极强。图2-27中的珍珠地鹦鹉纹枕就是密县窑的珍珠地瓷器代表，此枕施釉时衬以白色化妆土，整体呈瓷白，如同象牙般光滑圆润。瓷白的枕面刻有整齐细密的珍珠纹和卷草纹，线条流畅细腻，充满生机，中心刻有一只振翅飞翔的鹦鹉，穿行云间，栩栩如生，为瓷白的枕面、枕壁增添了艺术美感，也反映出唐代人们对美好生活的热爱。

蝶绕繁花团窠纹

团窠纹又称团花纹，"窠"意为鸟兽昆虫的巢，因而团窠纹就是纹样元素聚拢起来形成似巢的纹样。初唐、盛唐联珠团窠纹较为常见，植物团窠纹多见于中晚唐，动物团窠纹多见于晚唐。下图纹样取自唐代蝶绕繁花团窠纹绫，以瓷白为地，搭配灰绿和黄褐等，整体端庄大方，其中蝴蝶意为"福迭"，繁花意为"富贵"，体现了富贵纳福、吉祥幸福的美好寓意。

团窠纹之间穿插着绿色的十字形花叶纹作为辅助图案，给人繁花似锦、花团锦簇的感觉。

中心的绿色花瓣层层分明、相互连接，最外面一圈是黄褐的八朵侧视花。黄色与绿色是邻近色，搭配起来使整体更和谐。

纹样绘制参考：唐代蝶绕繁花团窠纹绫（纹样色彩有改动）

朵花团窠对雁纹

朵花团窠对雁纹由联珠纹演变而来，是极具包容性和时代性的纹样代表，盛行于唐代中期。此纹样有祥瑞富贵的象征意义，也寓意着家庭团圆和幸福。下图纹样取自唐代朵花团窠对雁纹夹缬绢幡头，以瓷白为地，搭配灰绿和橙色的朵花团窠，外有对雁、联珠包裹，整体形象十分饱满。

纹样绘制参考：唐代朵花团窠对雁纹夹缬绢幡头（纹样色彩有改动）

纹样中心是朵花纹，花的四周有四对大雁。整体以橙、灰绿色调为主，低纯度颜色搭配更显典雅。

○ 5-5-15-0	245-241-223		
● 10-20-50-0	234-207-140	○ 5-5-15-0	245-241-223
● 20-35-60-0	211-172-111	● 25-45-35-0	199-153-148
● 45-35-60-0	158-156-113	● 60-35-50-0	118-146-131
● 65-45-65-0	108-128-101		

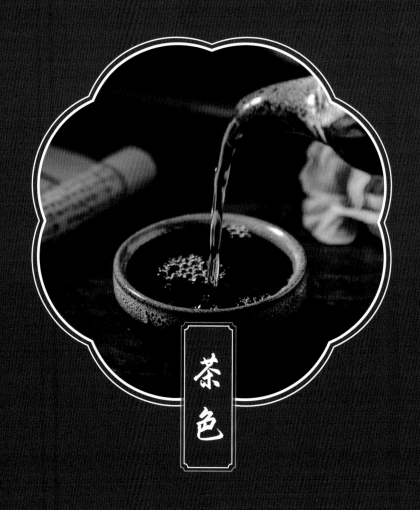

茶色

茶色，因与茶水颜色相似而得名，也叫茶褐。其色深沉朴素，稳重可靠。在陶宗仪的《南村辍耕录》中曾记载染制服饰所用的茶色调制方法，即以土黄为主，再添加添绿、烟墨和槐花花蕊的黄色调和而成。

自西周起，茶叶便被当作巴蜀贡品上贡王畿，西汉时吃茶成为宫廷消遣，唐代更是蔚然成风，都城长安兴起了茶会，文人雅士借着品茶的闲余一同论道。有茶即有茶汤，有茶汤即可观茶色，岑参就曾言"瓯香茶色嫩"，可见观茶色也是品茶人所必不可少的步骤。总之，唐朝的茶文化繁盛，其茶饮的色与香都赋予了茶色优雅的特质。

60-75-95-35　96-60-33　#603c21

出自唐代茶色

相关色

流黄

12-41-95-2
224-162-9
#e0a209

流黄即硫黄。李善《环济要略》云：「间色有五：绀、红、缥、紫、流黄也」，可见流黄为五间色之一。

芸黄

20-30-60-0
212-181-114
#d4b572

芸黄呈浅黄褐，从诗句「朱华先零落，绿草就芸黄」中可以看出古时芸黄常被用于形容草枯萎的颜色。

蛾黄

0-40-100-34
186-130-0
#ba8200

蚕老而蛾黄，是飞蛾破茧而出之前蚕蛹的颜色。是生命积淀的荣耀，古人也用它代指女子妆容。

配色方案

1	60-75-95-35 96-60-33 #603c21
2	12-41-95-2 224-162-9 #e0a209
3	20-30-60-0 212-181-114 #d4b572
4	0-40-100-34 186-130-0 #ba8200
5	5-15-65-0 245-217-108 #f5d96c
6	40-30-75-0 170-166-86 #aaa656
7	45-45-65-0 158-139-98 #9e8b62
8	0-40-80-0 246-173-60 #f6ad3c

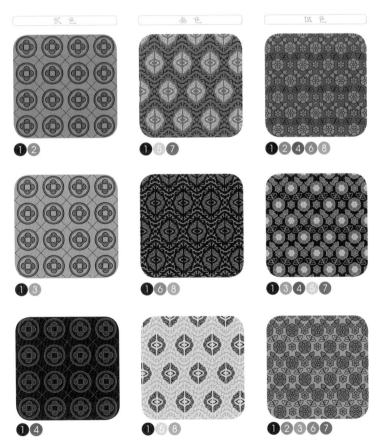

贰色

❶❷

❶❸

❶❹

叁色

❶❺❼

❶❻❽

❶❺❽

伍色

❶❷❹❻❽

❶❸❹❺❼

❶❷❸❻❼

沉稳洗练

初唐，饮茶文化得到普及，茶已融入日常生活中，饮茶也成了全社会的生活习惯。在人们心中，茶饮不仅解渴，同时也有助于开拓思维，因此茶汤时常出现于文人墨客身边。茶色也被赋予了文化内涵。唐代诗人写作时常伴随着品茶、观汤色的活动，对着一杯茶或借物言志，或借景抒情，例如李白、白居易、柳宗元等人便借茶表达情怀。茶如同文士的品格，经历岁月的涤荡，醇厚芬芳，沉稳洗练。

唐代三彩瓷

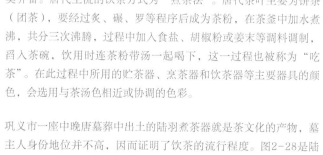

▲ 图 2-28 唐代 陆羽煮茶器其一 巩义市博物馆藏

唐代饮茶之风极盛，饮茶方法极为考究，配套的饮茶用具日趋精美齐备。唐代主流的饮茶方式为"煮茶法"。唐代茶叶主要为饼茶（团茶），要经过炙、碾、罗等程序后成为茶粉，在茶釜中加水煮沸，共分三次沸腾，过程中加入食盐、胡椒粉或姜末等调料调制，舀入茶碗，饮用时连茶粉带汤一起喝下，这一过程也被称为"吃茶"。在此过程中所用的贮茶器、烹茶器和饮茶器等主要器具的颜色，会选用与茶汤色相近或协调的色彩。

巩义市一座中晚唐墓葬中出土的陆羽煮茶器就是茶文化的产物，墓主人身份地位并不高，因而证明了饮茶的流行程度。图2-28是陆羽煮茶器的其中一件，这件三彩器外施茶色釉和绿釉，清新沉静。煮茶器一侧坐俑为唐代茶学名家陆羽，其一生嗜茶，精于茶道，被称为"茶圣"。坐俑头裹绿色幞头，着绿色窄袖圆领衫，身体微微前倾，专注于身前茶色的茶鍑，好像正准备分茶。其周围还有碾、炉、盂、执壶、茶盘、盏等茶器，反映了唐代茶事从碾茶、煮茶、分茶到饮茶的过程。

唐代绘画

▲ 图 2-29 唐代《宫乐图》台北故宫博物院藏

在唐代，随着饮茶的兴起，茶宴也应运而生。文人十分喜爱茶宴，唐代诗人钱起就曾在天宝年间写道"与赵莒为茶宴，又尝过长孙宅与朗上人作茶会"。与文人茶宴相比，宫廷茶宴的场面更大，对茶品、选水、茶具的要求都十分严苛，一年一度的清明宴使用的茶就是极为珍贵的紫笋茶。在宫廷茶宴中，要先由近侍施礼布茶，群臣面对皇上三呼万岁，坐定后才能开始闻茶香、观茶色、品茶味、赞茶感恩，互相庆贺。

著名茶画《宫乐图》（图2-29）描绘的就是晚唐时期宫中女子在宫廷内举行茶会的情形。图2-29中共绘有十二人，或系红色腰带，或肩披红色丝绸，十人围坐在长桌旁，享用供应的茶汤与茶点。其中画面右侧有一女子手持茶瓢正将茶汤分入茶碗，旁边的女子手持茶碗，仿佛沉醉于乐声，忘记饮茶，画面左下角的女子正细细品味茶汤的芳香。

葡萄石榴纹

葡萄纹在敦煌莫高窟初盛唐时期的壁画中有两种形式：一种是写实形，葡萄颗粒累累；另一种是写意形，多重塔型，叶片上画层层小弧线，如串串葡萄，又似花朵。下图纹样以茶色为主，中心方井内绘写意形缠枝葡萄纹，缠枝呈网状，葡萄串簇如塔状。方井四角绘石榴纹，形成对角"十"字形结构。纹样整体呈现出古典的色调，茶色、深红、浅蓝、浅黄四色互相穿插，让色彩效果更丰富。

纹样绘制参考：唐代敦煌莫高窟第209窟葡萄石榴纹藻井井心（纹样色彩有改动）

石榴纹以茶色为主，搭配同色系的浅褐，整体和谐统一

蓝色的葡萄枝叶提亮了整体色调，茶色的葡萄果实增加了画面的古朴感，有祈盼子孙绵长、家庭兴旺之意。

茶花团花纹

团花纹是敦煌莫高窟中唐时期的代表性纹样，具有很强的时代性。下图的平棋纹把茶花以团花的形式作为主体纹样，其中心是六瓣莲花，外层环绕着六朵茶花，四角有小团花呼应，整体富有节奏感。配色以低明度的茶色为主，搭配深浅不一的褐色使画面更有层次，再点缀蓝色给人大气典雅的感觉。

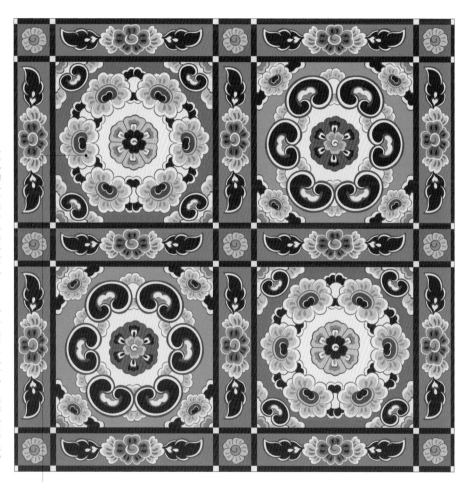

纹样绘制参考：唐代敦煌莫高窟第159窟茶花团花纹平棋（纹样色彩有改动）

浅褐花朵为主体，点缀少量茶色的枝叶，令画面有宁静、安定的氛围。

3-5-18-0	251-244-218	10-11-5-0	232-228-234
13-25-45-0	226-196-147	14-27-37-0	224-194-162
66-22-25-0	87-161-181	37-56-56-0	175-126-105
36-84-94-2	174-71-41	62-36-28-0	109-144-165
60-75-95-35	96-60-33	60-75-95-35	96-60-33

参考文献

[1] 周启澄，赵丰，包铭新. 中国纺织通史 [M]. 上海：东华大学出版社，2018.

[2] 彭莱. 中国山水画通鉴 11 界画楼阁 [M]. 上海：上海书画出版社，2006.

[3] 缪良云. 中国衣经 [M]. 上海：上海文化出版社，2000.

[4] 郭廉夫，郭渊. 中国色彩简史 [M]. 重庆：重庆大学出版社，2021.

[5] 鸿洋. 色彩·国粹图典 [M]. 北京：中国画报出版社，2016.

[6] 姜捷. 法门寺博物馆论丛（第一辑）[M]. 西安：三秦出版社，2008.

[7] 赵罡，刘春晓，张毅. 唐代团窠丝绸纹样动物题材与唐文化的映射关系 [J]. 丝绸，2020（12）.

[8] 敦煌研究院. 敦煌石窟艺术全集 22 科学技术画卷 [M]. 上海：同济大学出版社，2015.

[9] 邢雯雯. 敦煌壁画绘画语言研究 [M]. 北京：新华出版社，2021.

[10] 郭廉夫，丁涛，诸葛铠. 中国纹样辞典 [M]. 天津：天津教育出版社，1998.

[11] 济南市博物馆编. 博古撷采：纪念济南市博物馆50周年研究文集 [M]. 济南：济南出版社，2008.

[12] 刘世军，黄三艳，于秀君. 中外设计史 [M]. 哈尔滨：哈尔滨工业大学出版社，2018.

[13] 李力. 中国文物 [M]. 北京：五洲传播出版社，2011.

[14] 沈海泯. 中国工艺美术鉴赏 [M]. 苏州：苏州大学出版社，2009.

[15] 赵自强. 南越藏珍 [M]. 南宁：广西美术出版社，2008.

[16] 刘炜，段国强. 国宝 [M]. 济南：山东美术出版社，2022.

[17] 朱爱芹，安阳市博物馆编. 安阳历史文物考古论集 [M]. 郑州：大象出版社，2005.

[18] 徐连达. 唐朝文化史 [M]. 上海：复旦大学出版社，2004.

[19] 刘敦桢. 中国古代建筑史 [M]. 北京：中国建筑工业出版社，1984.

[20] 尚刚. 隋唐五代工艺美术史 [M]. 北京：人民美术出版社，2005.

[21] 高丰. 中国设计史 [M]. 杭州：中国美术学院出版社，2008.

[22] 高大伦，蔡中民，李映福. 中国文物鉴赏辞典 [M]. 桂林：漓江出版社，1991.

[23] 矫克华. 中国陶瓷艺术史图鉴 [M]. 青岛：青岛出版社，2017.

[24] 姜捷. 法门寺博物馆论丛 总第9辑 [M]. 西安：三秦出版社，2018.

[25] 刘昭瑞. 中国古代饮茶艺术 [M]. 西安：陕西人民出版社，2002.

[26] 李莘，杜乐. 中国古代乐舞文化研究 [M]. 北京：中国电影出版社，2015.

[27]《装饰》杂志编辑部. 装饰文丛06：史论空间卷 [M]. 沈阳：辽宁美术出版社，2017.

[28] 青简. 古色之美 [M]. 长沙：湖南人民出版社，2019.

[29] 吴山. 中国纹样全集 [M]. 济南：山东美术出版社，2009.

[30] 中华遗产. 中国美色 [M]. 北京：中国国家地理杂志出版社，2019.

[31] 黄仁达. 中国颜色 [M]. 台北：聊经出版事业股份有限公司，2019.

[32] 郭浩. 中国传统色：色彩通识100讲 [M]. 北京：中信出版集团股份有限公司，2021.

[33] 许慎. 说文解字 [M]. 徐铉，译. 上海：上海古籍出版社，2007.

[34] 黄清穗. 中国经典纹样图鉴 [M]. 北京：人民邮电出版社，2021.

[35] 王汉辰. 装饰艺术设计 [M]. 沈阳：辽宁科学技术出版社，2017.

[36] 周俊玲. 中华图像文化史 隋唐五代卷上 [M]. 北京：中国摄影出版社，2019.

[37] 赵启斌. 中国历代绘画鉴赏 [M]. 北京：商务印书馆国际有限公司，2013.

[38] 周积寅. 中国画学精读与析要 [M]. 上海：上海人民美术出版社，2017.

[39] 董长君，董晓莉. 盛唐方略 [M]. 北京：中国发展出版社，2017.

[40] 张瑞. 中国工艺美术史 [M]. 合肥：安徽美术出版社，2018.

[41] 兰宇. 陕西服饰文化 [M]. 西安：陕西师范大学出版总社有限公司，2014.

[42] 夏文杰. 中国传统文化与传统建筑 [M]. 北京：北京工业大学出版社，2018.

[43] 邢雯雯. 中国传统壁画发展脉络研究 [M]. 北京：新华出版社，2019.

[44] 伊丽达，海韵，萨仁，等. 图说中国绘画艺术 [M]. 北京：中国书籍出版社，2018.

[45] 石东玉. 图说中国绘画颜料 [M]. 北京：中国科学技术出版社，2020.

[46] 汪凤炎. 中国文化心理学新论：下 [M]. 上海：上海教育出版社，2019.

[47] 田艳霞. 汉唐女性化妆史研究 [M]. 郑州：黄河水利出版社，2018.

[48] 卞向阳，崔荣荣，张竞琼，等. 从古到今的中国服饰文明 [M]. 上海：东华大学出版社，2018.

[49] 杭间. 中国工艺美学史：第3版修订本 [M]. 北京：人民美术出版社，2018.

[50] 毕宝魁. 中国历代士人生活掠影 [M]. 北京：知识产权出版社，2016.

[51] 程旭. 丝路画语：唐墓壁画中的丝路文化 [M]. 西安：陕西人民出版社，2016.